괴질

오늘의
청소년
문학
33

怪疾

괴질

그해 비가 그치자
조선에 역병이 돌았다

이진미 지음

다른

차
례

*

　"독살입니다."

　완의 말에 조씨의 얼굴이 파랗게 질렸다. 방문 앞에 쪼그리고 앉아 있던 홍이 귀가 번쩍 뜨였다.

　하인들이 웅성거리는 속에서 쌍개가 대뜸 나섰다.

　"그게 무슨 해괴망측한 소리냐! 작은 도련님이 괴질(원인을 알 수 없는 이상한 병이라는 뜻으로 콜레라, 이질, 장티푸스 등을 일컬었다)에 걸려 지난 며칠 동안 구토와 설사가 멈추지 않았던 걸 모르는 이가 없는데."

　마당에 있던 마을 사람들도 수군거렸다.

　"지금 온 마을에 돌림병이 퍼져 사람들이 줄줄이 죽어 나가는 판에 대체 무슨 소리람."

　"황 부자가 마을에 괴질을 끌고 온 죗값을 치르느라 집안의 대가 끊기게 된 거지. 그런데 난데없이 독살이라니?"

조씨가 눈을 하얗게 뜨고 완을 노려보았다.

"누가 내 아들을 독을 먹여 죽였다는 것이냐? 무엇을 근거로 그따위 소리를 지껄이는 게냐?"

"믿지 못하시겠다면 직접 보여 드리겠습니다."

완은 조씨에게 은비녀를 가져다 달라고 청했다. 조씨가 눈짓하자 여종이 한달음에 은비녀를 가져왔다. 완이 은비녀를 시신의 목구멍 깊숙이 넣었다가 꺼냈다. 은비녀는 까맣게 변해 있었다.

"이것이 시신의 입안과 목구멍 안쪽에 독극물이 남아 있다는 증거입니다."

조씨의 얼굴이 일그러지더니 피맺힌 소리를 토해냈다.

"누, 누가…… 서방 잃고 큰아들마저 앞세운 내게 이토록 모진 짓을 한단 말이냐. 우리 집안의 죄가 아무리 크고 무겁다 한들 그동안 당한 것으로도 부족하단 말이더냐."

조씨가 폭풍우처럼 울음을 쏟아 냈다. 홍이가 얼른 조씨를 감싸 안았다. 마을 사람들은 못마땅한 얼굴로 하나둘 자리를 떴다. 완만 남아 복잡한 표정으로 홍이를 지켜보았다.

검불 아재

"아이고, 드디어 해가 나왔네. 비가 지긋지긋하게도 오더니만."

갑식 할매가 마당에 매어 놓은 줄에 빨래를 탁탁 털어 널면서 말했다. 김 영감이 맞장구를 쳤다.

"석 달 장마가 웬 말이람. 칠십 평생 이렇게 긴 장마는 처음 겪어 보네그려."

김 영감은 꽃밭에 고개를 내민 잡초를 우둑우둑 잡아 뽑았다. 갑식 할매가 혀를 끌끌 찼다.

"남들은 손바닥만 한 자투리땅이라도 있으면 채마밭 가꾸기 바쁜데, 꽃은 심어 뭐 하려고 그리 정성을 들이시오?"

"허허, 뭐 하긴. 요 벌개미취, 꼬리풀을 보고도 그걸 몰라?"

"모르니까 묻지요. 먹지도 못할 꽃만 골라 심으니."

"얼마나 보기 좋아."

김 영감은 흐드러지게 핀 꽃들을 흐뭇하게 바라보며 미소 지었다. 갑식 할매는 절레절레 고개를 흔들더니 바쁘게 걸어오는 홍이를 보고는 반색을 했다.

"홍이 어디 가니?"

"황 부자댁 마님께 아버지 심부름 가요."

약초꾼 고씨의 큰딸 홍이가 약초 보따리를 내보였다.

"그동안 날이 궂어서 그런지 더 쑤신다. 이제 해가 나왔으니 좀 나아지려나."

"아버지가 이번에는 개다래도 많이 구해 오신댔어요. 어르신들 허리랑 무릎 쑤시는 데는 그게 최고라고요."

"매번 신세를 져서 어쩌냐."

"뭘요. 그럼 가 볼게요."

"그래, 어서 가거라."

갑식 할매는 종종걸음을 치는 홍이의 뒷모습을 보며 말했다.

"황 부자댁이 약초 값을 후하게 쳐주는 덕에 고씨한테 미안한 마음을 조금이나마 덜 수 있지 뭐요."

"고씨도 혼자 딸들 건사하려면 힘들 텐데, 가난한 노인들한테는 한사코 약초 값을 받지 않으려 하니."

갑식 할매가 갑자기 무릎을 쳤다.

"내 정신 좀 봐. 홍이 어매 제삿날이 이맘때인데."

김 영감이 꽃밭에서 몸을 일으키며 대꾸했다.

"상여 나가던 날도 비가 주룩주룩 왔었지. 홍이 저 어린것이 핏덩이 동생을 안고 젖동냥 다니던 게 엊그제 같은데."

김 영감은 가만히 손가락을 꼽아 보았다.

"동이가 벌써 다섯 살이네. 세월 참 잘도 간다."

"의원한테 한번 보이지도 못하고 홍이 어매 허망하게 보낸 거 생각하면 내가……."

갑식 할매는 옷고름으로 눈물을 훔쳤다. 김 영감이 혀를 찼다.

"사또가 고을 백성들 생각하는 마음이 황 부자네 반만 따라갔어도……. 쯧쯧, 인정머리도 없지. 사람이 다 죽게 생겼다는데."

"높으신 양반님네가 우리 같은 천것을 어디 사람 취급이나 하나요. 가재는 게 편이라고, 우리 사정 알아주는 건 황 부자댁밖에 없지요."

홍이가 말린 약초를 한 아름 안고 황 부잣집에 도착했을 때, 드넓은 기와집은 마을 사람들로 북적이고 있었다. 금광을 운영하느라 내내 평안도 운산에 머물던 황 부자가 어제 집에 돌아왔다는 소문을 듣고 모여든 모양이었다.

"이번에도 비단이며 금은보화를 어마어마하게 가지고 오셨다면서요?"

"왜 아니겠소. 평안도에서 나는 금은 몽땅 황 부자 어른 차지라는데. 돈을 아주 갈퀴로 긁어모은대요."

"돈만 많으면 뭘 해, 천한 장사치 신분에."

"이 사람아, 돈이 이 정도로 많으면 양반보다 낫지. 그리고 양반들이 언제 우리 사정 봐주는 거 봤나? 가난한 백성들 구휼하는 황 부자가 진짜 양반이지!"

"그럼, 그렇고말고. 신분만 높다고 양반인가? 사또 하는 짓 보라고. 남정네라곤 싹 다 죽고 없는 집에도 군역을 물려서 면포라도 바치라고 닦달을 하잖아. 죽은 남정네를 살려내서 군역을 치르라는 거나 마찬가지지 뭐야."

"맞아요. 흉년이 들어 백성들이 굶어 죽게 생겼는데도 조세는 한 푼도 못 깎아 준다고 숨겨 둔 씨감자며 종자까지 다 털어 가잖아요. 양반이란 작자들은 우리야 죽든지 말든지 제 배 불리는 데만 혈안이 되어 있고."

"보릿고개마다 곳간 문 활짝 열어 주는 황 부자야말로 우리 마을의 보배지, 아무렴."

"한양에서 내려온 관리들이 황 부자 발뒤꿈치만큼이라도 따라갔으면 신미년에 그런 난리(1811년에 시작된 홍경래의 난을 일컫는다)가 일어났겠어?"

"아이고, 이 사람아! 제발 말조심해. 큰일 나려고."

홍이는 두리번거리며 황 부자의 아내 조씨를 찾았다. 갓난아이를 업은 아낙이 보리쌀 한 말을 끌어안고는 조씨에게 연신 허리를 굽혀 인사하고 있었다.

"마님, 매번 이렇게 도와주시는데 이 은혜를 어찌 갚을지……."

아낙은 눈물을 찍어 낸 뒤 말을 이었다.

"서방이라는 작자는 도박에 미쳐 세간살이까지 팔아 치우고, 마님 아니셨으면 쉰네 진작에 혀 깨물고 죽었을 것입니다."

"자식 둔 어미가 그런 소릴 하면 쓰나. 마음 단단히 먹고 잘 키워야지. 천천히 갚아도 되니 양식 떨어지면 아이들 굶기지 말고 또 찾아오게."

아낙은 눈물을 뚝뚝 흘리며 물러났다. 조씨가 홍이와 눈이 마주치자 반갑게 아는 체했다.

"마침 잘 왔다. 바깥어른이 어젯밤부터 토사곽란(위로는 토하고 아래로는 설사하면서 배가 심하게 아픈 증상)으로 고생인데, 식초에 참기름을 타 드려도 차도가 없고 점점 더 심해지는 것 같구나."

홍이는 얼른 약초 보따리에서 이질풀을 골라 조씨 앞으로 내밀었다.

"구토와 설사를 멈추게 하는 데는 이질풀이 좋대요. 정성껏 달여 자주 드시게 하세요. 그리고 모과차도 도움이 될 거예요."

"그래, 고맙다."

조씨는 여종에게 약초를 달일 준비를 하라고 이르고 쌍개를 불렀다.

"홍이에게 약초 값으로 다섯 냥을 내주어라."

쌍개가 눈이 휘둥그레져서 되물었다.

"다섯 냥이면 쌀 한 섬 값인데요, 마님?"

홍이도 손사래를 쳤다.

"약초 값을 그렇게 많이 받아 가면 분명 아버지한테 혼날 거예요."

"꼭 필요한 때 약초를 가지고 와 주었으니 이보다 더 고마운 일이 있겠니."

조씨가 홍이의 손을 잡으며 다정하게 말했다.

"조금 있으면 동이 생일이 아니냐. 올해는 때때옷이라도 한 벌해 주려무나. 생일이 제 어미 제삿날이라 매년 눈물 바람으로 지내지 않았니. 어린것이 어찌나 가여운지."

"마님."

홍이는 눈물이 울컥 솟구쳤다. 시뻘건 피로 물든 이부자리와 고통에 몸부림치며 신음하던 엄마의 마지막 모습이 엊그제 일인 양 선명하게 떠올랐다.

지독한 난산이었다. 오랫동안 아기를 받아 온 산파도 손을 쓰지 못했다. 의원을 부르러 약방에 간 아버지는 한참을 기다려도 돌아오지 않았다. 어린 홍이가 아버지를 찾아 나섰지만, 약방은 텅 비어 있었다. 옆집 사람이 나와 사또의 큰아들이 배앓이를 해서 의원이 관아로 불려 갔다고 알려 주었다.

구르듯 달려간 곳에서 홍이는 아버지를 보았다. 아버지는 피투성이가 된 채 관아 대문에 매달려 사정하고 있었다.

"제발 의원을 보내 주십시오. 부디 잠시만, 한 번만이라도 의원에게 보이게 해 주십시오. 제발!"

아버지의 간절한 호소에 돌아온 것은 매타작이었다. 관아의 노비들은 무자비하게 방망이를 휘둘렀고, 아버지는 매를 고스란히 맞으면서도 물러나지 않았다.

이방이 버럭 소리를 질렀다.

"감히 여기가 어디라고. 썩 꺼지지 못해! 사또 자제와 천것 목숨이 매한가지라더냐?"

"아버지!"

홍이는 아버지에게 달려들었다. 매질이 무섭다는 생각도 들지 않았다. 놀란 아버지가 얼른 홍이를 감싸 안았다.

홍이가 절뚝거리는 아버지를 부축해 집에 돌아왔을 때 엄마는 이미 싸늘하게 식은 뒤였다. 갑식 할매가 갓 태어난 동이를 품에 안은 채 통곡하고 있었다.

"왜 이제야 왔어. 불쌍한 홍이 어매는 어쩌라고."

아버지는 엄마의 부릅뜬 눈을 손으로 쓸어내리며 쉰 목소리로 중얼거렸다.

"다음 생에는 부디 양반으로 태어나소. 파리 목숨보다도 못한 천것으로는 태어나지 말고……"

그날의 기억이 떠올라 홍이는 입술을 꼭 깨문 채 흐느꼈다. 조씨가 어깨를 토닥여 주었다. 홍이는 깊이 허리를 숙여 인사했다.

"고맙습니다, 마님. 정말로 고맙습니다."

쌍개가 떨떠름한 얼굴로 엽전 다섯 냥을 내주었다.

홍이는 들뜬 마음으로 장으로 달려갔다. 포목전에 가서 전부터 봐 둔 고운 옷감을 샀다. 동이가 색동저고리를 입고 좋아하는 모습이 그려졌다. 약초를 구하러 산에 간 아버지도 꾸짖지 않으실 거야. 동이 생일날까지 저고리를 완성하려면 서둘러야겠어. 홍이는 집으로 발길을 재촉했다.

해가 저문 지 한참이 지나도록 아버지가 돌아오지 않았다. 홍이는 잠시 바느질을 멈추고 곁에 누운 동이의 머리카락을 쓰다듬었다. 동이는 아버지는 언제 오시냐고 칭얼대더니 어느새 곤히 잠들어 있었다. 갑식이랑 종일 뜀박질하더니 고단했던 모양이다. 홍이는 살포시 웃으며 다시 바느질감을 집어 들었다.

문밖에서 바작바작하는 소리가 들렸다. 아버지가 오시나? 홍이는 얼른 몸을 일으켜 밖을 내다보았다. 비가 추적추적 내리고 있었다. 그친 줄 알았는데 비가 또 오네. 홍이는 이맛살을 찌푸리며 마루로 나왔다. 해지기 전에 산에서 내려오셨겠지? 홍이는 초조한 마음으로 마루 위를 이리저리 바장였다.

그때 사립문 쪽에서 인기척이 들렸다.

"아버지!"

홍이는 소리치며 뛰어나갔다. 들어온 사람은 아버지가 아니라 갑식 할매였다.

"아직 아버지 안 오셨냐?"

홍이가 고개를 끄덕이자 갑식 할매는 잔뜩 인상을 끙끙 찌푸리며 하늘을 올려다보았다.

"여태? 비가 이렇게 오는데."

더는 말하지 않았지만 두 사람의 마음에는 불안과 근심이 가득 차올랐다.

"이놈의 비는 무슨 원수를 졌나. 그만큼 뿌렸으면 됐지, 칵!"

갑식 할매가 성을 내며 침을 퉤 뱉었다.

"망할 놈의 사또, 난데없이 하수오(본문에 등장하는 하수오는 백하수오 또는 백수오임을 밝혀 둔다)를 구해 오라고 이 생고생을 시키네. 산삼보다 귀하다는 하수오가 산에만 가면 널려 있는 줄 아나."

"참판댁 노마님 생신 전까지 찾아와야 한다고 어찌나 닦달하는지 몰라요. 그동안 비가 계속 와서 산길이 미끄러울 텐데."

홍이는 한숨을 내쉬었다. 갑식 할매가 홍이의 어깨를 감싸 안으며 말했다.

"걱정하지 말고 들어가거라. 네 아버지 산에서 무사히 내려왔을 거다. 어디서 약주라도 한잔 걸치는 모양이지."

"네, 할매도 어서 가서 주무세요."

두 사람은 말만 그렇게 하고는 또 한참을 서성였다. 비는 그칠 줄 모르고 계속 내렸다. 홍이의 마음은 바짝 타들어 갔다.

"감기 들겠다. 방에 들어가서 기다려라."

"할매 어서 가세요. 갑식이가 기다리겠어요. 저도 금방 들어갈 게요."

홍이는 갑식 할매를 보내고 마루에 앉아 아버지를 기다렸다. 추적추적 내리는 빗줄기를 원망스럽게 바라보던 홍이가 혼잣말을 중얼거렸다.

"비야, 너는 어쩌자고 이렇게 계속 퍼붓는 거니. 남의 속도 모르고."

그때 누군가 사립문으로 들어오는 기척이 났다.

"아버지?"

반가운 마음에 재빨리 마루에서 내려간 홍이는 가슴이 덜컥 내려앉았다. 거대한 형체가 마당에 우두커니 서 있었다. 아버지는 저렇게 몸집이 크지 않다. 홍이는 떨리는 마음을 애써 누르며 천천히 다가갔다. 어둠에 묻혀 검은 형체의 얼굴은 보이지 않았다. 홍이는 침을 꿀꺽 삼켰다.

"누, 누구시오?"

검은 형체가 성큼 다가섰다. 방에서 새어 나오는 호롱불 빛에 비쳐 그의 얼굴이 드러난 순간 홍이는 소리를 지를 뻔했다. 풀어헤쳐진 머리카락 사이로 보이는 얼굴은 흉측한 화상 자국으로 뒤덮여 있었다. 겁에 질린 홍이를 날카롭게 쏘아보는 매서운 눈, 그는 검불 아재였다.

그가 마을에 흘러들어 온 건 몇 년 전이었다. 마을 사람들은 산속에서 숯막을 짓고 검불을 덮고 자는 떠돌이를 언제부터인가 '검불 아재'라고 불렀다. 얼굴은 물론 손등과 팔뚝까지 보이는 곳은 온통 끔찍한 화상 자국이라 아이들은 검불 아재를 멀리서라도 볼라치면 도망치기 바빴다. 그는 산속에서 숯을 구우며 지내다가 아주 가끔 숯을 팔 때만 마을에 내려오곤 했다. 꼭 필요한 말 외에는 그 누구와도 말을 섞지 않아 몇 년째 그가 벙어리인 줄 아는 사람도 꽤 있었다. 그가 누군지, 어디에서 왔는지 아무도 아는 사람이 없었다. 그래서 그를 둘러싼 소문은 더욱 빠르게 퍼져 나갔다.

사람들은 검불 아재가 어느 재상집 노비였는데 주인집 식구들을 모조리 찔러 죽인 뒤 집에 불을 지르고 도망쳤다고 했다. 재산을 노리고 한 짓이라고 하는 이들도 있고, 주인아씨와 정분이 나서 그런 거라고 이야기하는 이들도 있었다. 어찌 되었든 심한 화상 자국 때문에라도 다들 그 소문을 믿는 눈치였다. 개중에 상상력이 뛰어난 이들은 소문에 살을 붙여 실감 나게 묘사하며 자신의 재주를 뽐냈다. 덕분에 마을 사람들은 검불 아재가 도망치는 주인집 식구들을 잡아서 하나씩 잔인하게 칼로 찌르고 숨어 있던 어린아이들까지 찾아내 간을 빼먹는 장면을 떠올리며 두려움에 몸을 떨기도 했다.

바로 그 검불 아재가 홍이 눈앞에 서 있었다. 축 늘어진 아버지를 등에 업은 채.

"주, 죽인 거예요? 우리 아버지를?"

홍이는 소스라쳐 그 자리에 털썩 주저앉고 말았다. 검불 아재는 잠시 머뭇거리는가 싶더니 성큼 마루 위로 올라섰다. 악, 홍이는 저도 모르게 얼굴을 감쌌다.

"아, 아아."

신음이 흘러나왔다. 홍이는 손가락 사이로 실눈을 뜨고 앞을 살폈다. 검불 아재의 등에 업힌 아버지가 인상을 찌푸리며 끙끙거리고 있었다.

"아버지!"

검불 아재는 천천히 아버지를 마루에 내려놓았다. 뜻밖에 그의 손길은 조심스럽고 부드러웠다.

"큰 신세를 졌습니다. 정말 고맙습니다."

아버지의 말에 검불 아재는 잠시 망설이다가 한마디 툭 던졌다.

"이삼 일은 냉찜질을 하고, 부기가 내리면 온찜질을 하시오."

그러고는 그대로 몸을 돌려 성큼성큼 가 버렸다.

"그냥 가시면 어떡합니까. 날이나 밝거든 가시지요!"

아버지가 소리쳐 불렀지만 검불 아재는 뒤도 돌아보지 않았다. 아버지는 일어서려다가 악, 소리를 내며 다시 주저앉았다. 홍이가 재빨리 아버지를 부축했다. 발목이 통통 부어 있었다.

"아버지, 대체 어떻게 된 거예요?"

"산에서 한참을 헤매다가 해가 저물 것 같아 포기하고 내려오려는 순간 하수오를 발견했지 뭐냐. 절벽 위에 피어 있는데 손이 닿을락 말락 했지. 간신히 잡긴 했는데 바위가 미끄러워 그만 굴러떨어지고 말았다."

"아버지, 산에서는 절대 무리하거나 욕심내면 안 된다고 말씀하시고는!"

"그랬지. 하지만 너도 알다시피 하수오를 찾아 몇 날 며칠을 헤매지 않았니. 눈앞에 두고 도저히 그냥 돌아올 수가 없었단다."

"이게 다 사또 때문이에요. 하루거리로 관졸을 보내 사람을 못 살게 구니."

"저이가 아니었으면 꼼짝없이 산에서 죽고 말았을 거다. 이 비오는 밤에 여기까지 업고 와 주다니 정말 고마운 일이 아니냐."

"그러게요."

홍이는 검불 아재를 보자마자 대뜸 아버지를 죽인 거냐고 물었던 자신이 부끄러워졌다.

"그나저나 비가 이렇게 오는데 어쩌려고……."

아버지는 검불 아재가 사라진 쪽을 걱정스럽게 바라보았다. 홍이는 무언가 생각난 듯 황급히 헛간으로 달려갔다. 비 올 때 뒤집어쓰는 도롱이가 헛간 벽에 걸려 있었다. 홍이는 도롱이를 내려들고는 사립문 밖으로 냅다 달려 나갔다. 캄캄한 데다가 비까지 세차게 내려 눈도 똑바로 뜨기 어려웠다. 산으로 가려면 이쪽 길로 갔을 거야. 홍이는 무작정 달리기 시작했다.

"아재, 검불 아재!"

홍이는 손나팔을 하고 힘껏 불렀다. 비 내리는 흙길은 미끄러웠다.

"으악, 엄마야!"

홍이는 그만 논두렁으로 굴러떨어지고 말았다. 진흙탕에 빠져 끙끙거리는 홍이를 억센 손이 잡아서 번쩍 들어 올렸다. 검불 아재였다.

"아, 이거……."

홍이가 도롱이를 내밀었다. 검불 아재는 비에 쫄딱 젖은 채 흙투성이가 된 홍이를 물끄러미 바라보더니, 아무 말 없이 도롱이를 받아들었다. 그러고는 휙 돌아서 성큼성큼 어둠 속으로 사라져 버렸다.

첫 번째 죽음

다음 날 아침, 홍이가 눈을 떠 보니 하늘은 말짱하게 개어 있었다. 지난밤의 소동이 한바탕 꿈이었나 싶을 정도였다. 아버지가 옆에서 끙끙 앓고 있지 않았다면 홍이는 간밤에 검불 아재를 만난 일이 정말 꿈이라고 생각했을지도 모른다.

홍이는 검불 아재가 시킨 대로 천에 찬물을 적셔 아버지의 퉁퉁 부어오른 발목을 감쌌다.

콜록콜록.

홍이가 연신 기침을 했다. 아버지가 걱정스러운 얼굴로 말했다.

"비를 맞아서 감기 든 모양이구나."

동이가 눈을 비비며 일어났다.

"아버지! 언제 왔어요?"

"어젯밤에 왔지."

"왜 이렇게 늦게 왔어요? 나 아버지 기다렸단 말이야."

"저런, 아버지가 다리를 다쳐서 좀 늦었어."

"많이 아파요? 내가 호, 해 줄까요?"

"그래, 우리 동이가 호, 불어 주면 뚝딱 낫지."

아침을 먹고 나서 아버지는 발목에 부목을 대고 끈으로 질끈 묶었다. 그러고는 주섬주섬 나갈 채비를 했다.

"아버지, 어딜 가시게요?"

홍이가 깜짝 놀라 물었다.

"하수오 구하러 산에 가야지."

"네? 그 다리로 산에 가신다고요?"

"네가 찜질해 준 덕에 한결 나아졌으니 걱정하지 마라."

"안 돼요! 부기도 다 안 내렸는데 어쩌시려고, 콜록콜록."

아버지는 심란한 눈빛으로 홍이를 바라보았다. 사또의 노기 어린 목소리가 귀에 쟁쟁했다.

'김 참판댁 노마님 생신 전까지 하수오를 구해 오지 못하면 너는 물론이고 네 딸년들도 무사하지 못할 줄 알아라!'

아버지는 굳은 표정으로 지팡이를 짚고 일어섰다. 홍이가 발딱 일어나 아버지를 부축했다.

"꼭 가셔야겠거든 저랑 같이 가요, 콜록콜록."

"기침을 그렇게 하면서 어딜 따라나선다는 거냐."

홍이와 아버지는 서로 집에 있으라고 옥신각신하다가 결국 나란히 길을 나섰다.

"아버지, 어제 황 부자댁 마님이 약초 값을 다섯 냥이나 쳐주셨어요. 동이 생일에 때때옷 한 벌 해 주라고 하시면서요."

"참 고맙기도 하지."

"그런데 황 부자 어른이 배앓이를 심하게 하신대요. 그래서 가져간 약초 중에 이질풀을 달여 드시라고 했어요."

"잘했구나. 삽주 뿌리를 말린 백출과 느릅나무 껍질도 설사에 효험이 있으니 오늘 넉넉히 구해다 드려야겠다. 우리 홍이 기침에 좋은 도라지와 곰보배추(정식 이름은 뱀차즈기)도 구해야지."

부녀는 산속을 부지런히 헤매고 다녔다. 아버지는 아픈 발목에 힘을 줄 때마다 악, 소리를 내며 주저앉곤 했다. 홍이는 아버지를 부축하며 속상해했다.

"얼굴도 모르는 참판댁 노마님 때문에 아버지가 이게 무슨 고생이에요?"

아버지의 얼굴에서 인자한 빛이 사라졌다.

"홍아, 아버지가 늘 말하지 않았니. 산에서 약초를 구할 때는 항상 정갈한 마음으로 정성을 다해야 한다고. 남을 미워하거나 불경한 마음을 가지면 산신령님이 노하셔서 약초를 내주지 않으신단다."

"저도 알지만……. 아버지가 절뚝거리면서 고생하시는 게 너무 속상해서 그래요. 더구나 하수오는 삼대가 덕을 쌓아야 만날 수 있다고 할 만큼 귀한 약초인데, 무턱대고 구해 오라니 그런 억지가 어디 있어요."

아버지의 얼굴에 미소가 떠올랐다.

"그래, 맞는 말이다. 나는 천한 약초꾼이고 높고 귀하신 분들의 명령으로 약초를 구하러 다닐 때도 많지. 하지만 그게 다는 아니란다. 내가 어렵게 구한 약초를 달여 먹고 앓아누워 있던 사람이 건강을 되찾아 자리를 털고 일어나는 걸 보면 얼마나 뿌듯하고 기쁜 줄 아느냐. 홍아, 비록 약초꾼의 신분은 천하지만 우리가 지금 하는 일은 사람을 살리는 귀한 일이다. 항상 그걸 잊지 말아야 한단다."

"알아요. 그래서 아버지는 가난한 이웃들에겐 돈도 받지 않고 약초를 그냥 주시는 거잖아요."

"그렇단다. 약초는 산신령님이 내주시는 건데, 아무렴 신령님이 돈 있고 권세 있는 사람들에게만 주신 거겠니? 가진 것 없고 천한 이들에게도 골고루 나누어 주신 게 분명하다."

아버지는 전에도 같은 말을 여러 번 해 주었다. 웬일인지 오늘따라 홍이 마음에 깊이 와닿았다.

온종일 산속을 기다시피 헤맨 끝에 부녀의 망태기에는 약초가 그득그득 담겼다. 홍이 기침을 낮게 해 줄 도라지와 곰보배추, 허리 아프고 무릎 쑤시는 갑식 할매를 위한 개다래, 황 부자의 토사곽란을 멎게 해 줄 삽주 뿌리와 느릅나무 껍질까지. 하지만 아무리 헤매고 다녀도 하수오는 눈에 띄지 않았다.

홍이는 애가 탔다. 조금 있으면 해가 기울 터였다. 퉁퉁 부은 발목으로 종일 산속을 다니느라 이를 악물고 고통을 참아 낸 아버지는 입가가 온통 퍼렇게 멍이 들 지경이었다. 눈앞에는 험한 골짜기가 펼쳐져 있었다. 홍이가 보기에도 지금 아버지의 상태로는 도저히 더는 오르지 못할 것 같았다. 아니, 지금까지 뒤처지지 않은 것만 해도 기적이라고 생각했다. 홍이는 미처 알지 못했지만 아버지는 사또의 흉악한 손길로부터 딸들을 지켜 내기 위해 죽을힘을 다했던 것이다.

"아버지, 여기서 잠깐만 쉬고 계세요. 제가 저 위쪽으로 가 볼 게요."

홍이가 다부지게 말했다.

"안 된다. 저 위험한 데를 너 혼자 어떻게 가려고."

"절대 무리하지 않고 갈 수 있는 만큼만 갔다 올게요."

"그래도 안 된다. 내 다리도 성치 않은데 너까지 다치면 어쩌려고."

"제발요, 아버지. 저 위쪽에 가면 하수오가 꼭 있을 것만 같아서 그래요."

기운이 다 빠져 버린 아버지는 딸의 고집을 꺾지 못했다. 홍이는 조심스럽게 골짜기를 오르기 시작했다. 홍이의 뒷모습이 시야에서 사라지고 난 뒤에도 아버지는 쉬지 않고 기도를 올렸다.

"산신령님, 부디 홍이를 지켜 주십시오."

아버지의 간절한 기도 덕이었을까. 오래 지나지 않아 홍이가 환하게 웃으며 손에 약초를 들고 돌아왔다.

"아버지! 찾았어요, 하수오예요!"

"뭐, 그게 정말이냐?"

아버지는 몸을 벌떡 일으켰다.

"보세요! 아버지가 전에 그려서 보여 준 잎이랑 똑같이 생겼잖아요."

홍이가 들고 온 약초를 보고 아버지는 헛웃음을 지었다.

"이건 박주가리란다. 하수오와 잎사귀 모양은 비슷해 보이지만 뿌리가 완전히 다르잖니. 하수오는 덩이뿌리인데, 박주가리 뿌리는 이렇게 길고 가늘거든."

아버지가 풀이 죽은 홍이 어깨를 토닥이며 말을 이었다.

"네가 다치지 않고 무사히 돌아왔으니 됐다. 이제 그만 내려가자꾸나."

홍이 눈에 눈물이 글썽거렸다.

"낙담할 것 없다. 아버지 따라다닌 지 고작해야 한두 해밖에 더 되었느냐? 약초꾼들도 처음 몇 년 동안은 비슷한 약초를 숱하게 착각한단다. 물론 나도 그랬고 말이다."

홍이는 아버지의 위로에도 실망감을 감출 수 없었다.

"그런데 진짜 나쁜 건 알면서도 비슷하게 생긴 약초를 속여 파는 놈들이지. 산신령님이 내리신 약초로 제 잇속을 차리겠다고 장난치는 놈들은 천벌을 받아야 해."

"그런 사람들도 있어요?"

"그럼, 우리가 찾아다니는 하수오만 해도 엇비슷하게 생긴 이엽 우피소를 타지에서 구해 와서 하수오라고 속여 파는 놈들이 있 거든. 그건 조선 땅에서는 약재로 취급도 하지 않는데 말이다."

"그럼 진짜 하수오인지 아닌지 어떻게 알 수 있어요?"

"아주 비슷하게 생겼지만 이엽우피소 꽃은 꽃받침이 뒤로 젖혀 진 모양으로 핀단다. 그리고 뿌리를 잘라 보면 이엽우피소는 진액 이 흘러나오지만 하수오는 그렇지 않거든."

"그렇구나."

홍이는 여전히 시무룩한 얼굴로 고개를 끄덕였다. 그러다 갑자 기 불에 덴 듯 제자리에 우뚝 멈춰 섰다.

"아, 아버지!"

영문을 모르는 아버지는 어리둥절한 표정으로 홍이가 가리킨 곳을 보았다. 아버지의 눈이 함지박만 하게 커졌다.

"저, 저건……."

아버지가 절뚝거리며 달려갔다. 홍이는 두근거리는 마음으로 아버지의 뒤를 따랐다. 부녀의 눈앞에 연한 황록색 꽃이 핀 약초 가 고고한 자태를 뽐내며 한 줌 남짓 피어 있었다. 아버지가 약초 를 캔 뒤 뿌리를 살폈다.

"하수오야, 하수오!"

아버지는 무릎을 꿇고 감사의 기도를 올렸다.

홍이가 믿지 못하겠다는 듯 물었다.

"정말이에요, 아버지? 이게 정말 하수오 맞아요?"

아버지는 뿌리를 질끈 부러뜨렸다. 표면이 매끈하고 희미하게 무늬가 있었다.

"이걸 보렴. 하수오가 틀림없다. 한 번뿐이었지만 내게 처음 약초를 가르쳐 준 어르신이 캐는 걸 옆에서 지켜본 적이 있단다."

홍이는 저도 모르게 눈물이 왈칵 났다. 아버지도 감격에 겨워 말했다.

"그렇게 찾아 헤매던 하수오가 눈앞에 피어 있다니! 산신령님이 우리에게 주신 선물 같구나."

아버지가 홍이 머리를 쓰다듬었다.

"다 네 덕이다. 산신령님은 선한 마음으로 구하는 자에게 약초를 내리시는 법이거든."

홍이는 아버지를 부축하고 집으로 발걸음을 재촉했다. 홍이의 기침은 씻은 듯 멎어 있었고, 아버지의 걸음도 한결 가벼워진 듯했다. 두 사람은 흙과 땀으로 뒤범벅이 되었지만 환하게 웃으며 서로를 의지해 마을로 향했다.

산에서 내려오자마자 아버지는 약초를 바치러 관아로 갔다. 홍이는 허기져 손가락만 빨고 있는 동이에게 저녁을 지어 주고는 삽주 뿌리와 느릅나무 껍질을 한 아름 안고 황 부자댁으로 향했다. 종일 산속을 헤매고 다니느라 다리가 끊어질 듯 아팠지만, 황 부자 어른이 좀처럼 차도가 없다며 근심하던 마님의 얼굴이 떠올라 저도 모르게 발걸음이 빨라졌다.

'이질풀을 달여 드셨으면 지금쯤은 설사가 좀 가라앉았을 테지. 가만, 혹시 약초 값을 더 받겠다고 찾아온 걸로 오해하시면 어쩌나. 그래, 어제 약초 값을 후하게 쳐주셨으니 오늘은 그냥 드리겠다고 해야지.'

홍이는 제 생각이 기특해 빙그레 웃으며 황 부자댁 대문을 두드렸다. 그런데 문이 삐걱 소리를 내며 스르륵 열렸고, 집 안에서 곡소리가 흘러나왔다. 홍이는 어리둥절한 채 대문 안을 들여다보았다. 갓난아이를 업은 아낙이 눈에 띄었다. 어제 마님에게 양식을 꾸어 간 아낙이었다.

홍이는 얼른 아낙에게 다가가 물었다.

"대체 무슨 일이에요?"

아낙은 와락 눈물을 쏟았다.

"황 부자 어르신이 돌아가셨지 뭐냐. 하루아침에 이런 날벼락이……."

"네에?"

그러고 보니 하인들이 부고를 띄운다, 관을 마련한다, 하며 우왕좌왕하고 있었다. 한쪽에서는 여럿이 모여 시신을 염할 준비를 한다며 어수선하게 움직였다.

홍이는 머릿속이 하얘졌다. 풍채 좋고 인심도 넉넉했던 황 부자 어른의 죽음은 너무도 갑작스러워 애통함보다는 황망함이 먼저 다가왔다.

사랑 안에는 졸지에 가장을 잃은 조씨와 두 아들이 넋이 반쯤 나간 얼굴로 앉아 있었다. 아직 염을 하기 전이라 시신은 이불에 덮인 채 그대로 놓여 있었다. 이불 밖으로 드러난 시신이 시퍼렇게 경직된 모습을 보고 홍이는 몸서리를 쳤다. 용기를 내 사랑 앞으로 천천히 다가갔지만 어떻게 위로의 말을 건네야 할지 몰라 문 앞에 서서 우물쭈물하고 있었다.

조씨가 고개를 들어 홍이에게 눈길을 주었다. 홍이는 그때까지 품에 삽주 뿌리와 느릅나무 껍질을 가득 안고 있었다. 홍이가 입술을 질끈 깨물며 말했다.

"이, 이거 모두 토사곽란에 좋은 약초인데…… 제가 너무 늦게 왔나 봐요, 마님."

조씨의 눈에 눈물이 고이는가 싶더니 흑, 눈물을 쏟았다. 홍이도 그제야 엉엉 울음을 터뜨렸다. 두 사람의 울음에 전염이라도 된 듯 옆에 있던 큰아들과 작은아들도 서럽게 통곡하기 시작했다. 사랑채 마당에 있던 하인들과 마을 사람들도 바닥에 주저앉아 울며 황 부자의 죽음을 함께 슬퍼했다. 마당은 순식간에 거대한 눈물바다를 이루었다.

대문을 나서는 홍이의 귀에 마을 사람들이 수군거리는 소리가 들렸다.

"갑자기 이게 무슨 변고래요?"

"운산에서 돌아오자마자 구토와 설사를 무섭게 하셨대요. 경련이 일어서 다리부터 뻣뻣해지다가 온몸이 시퍼렇게 변해서는 그만 순식간에 저리되셨다지 뭐예요."

"아이고, 끔찍해라."

"세상에나, 만석 살림도 다 부질없네요."

"이 사람아, 망자께서 얼마나 인심이 후하셨는데 그런 소리를 해? 우리 마을에서 이 댁 곡식 얻어먹지 않은 사람 있으면 나와 보라고 해."

"누가 아니래요? 나도 안타까워서 한 소리예요."

"자, 어서 장례 준비나 거들자고."

홍이는 못내 찜찜한 마음을 애써 털어 버리며 집으로 무거운 발걸음을 옮겼다.

아버지

다음 날, 홍이네 세 식구가 방 안에 둘러앉아 보리죽을 한술
뜨고 있을 때였다. 느닷없이 관졸들이 들이닥쳤다.

"죄인 약초꾼 고씨는 나와서 오라를 받아라!"

문밖에서 들려오는 소리에 홍이는 숟가락을 떨어뜨렸다.

"죄인이라니 이게 무슨 소리예요, 아버지?"

"글쎄다, 어제 사또께 하수오를 무사히 갖다 바쳤는데……."

방문이 벌컥 열렸다. 관졸들이 짚신 발로 성큼 들어와서는 아
버지를 와락 잡아 일으켰다.

동이가 입에 숟가락을 문 채 울음을 터뜨렸다.

"으앙, 우리 아버지 놔줘!"

"어서 나오지 못해!"

관졸들은 밥상을 걷어차고는 아버지를 끌고 나갔다. 홍이가 뒤

따라 버선발로 달려 나갔다.

"아버지!"

아버지는 관졸들에게 끌려가면서도 애써 침착하게 외쳤다.

"별일 아닐 거다. 뭔가 오해가 생긴 모양이지. 곧 풀려날 테니 걱정하지 말고 있거라."

홍이는 짚신을 꿰어 신고는 동이에게 외쳤다.

"동아, 갑식 할매한테 가 있어. 내가 아버지 따라가 볼 테니까!"

"가지 마! 나만 두고 가지 마!"

홍이가 동이를 꼭 끌어안고 달랬다.

"갑식 할매한테 데려다 주고 갈 테니 놓고 있어. 그럼 내가 아버지 모시고 금방 올게. 절대 동이 혼자 안 둬, 알겠지?"

동이는 울면서 고개를 끄덕였다.

"착하다, 우리 동이."

홍이는 불안한 마음으로 관아를 향해 달려갔다. 관아 문은 건장한 관졸들이 철통같이 지키고 서 있었다. 홍이는 몰래 담벼락을 기어올랐다. 담 위에 오르니 동헌 뜰이 훤히 내려다보였다. 홍이는 잎이 무성한 감나무 뒤로 몸을 숨겼다. 아버지가 오랏줄에 꽁꽁 묶인 채 꿇어앉아 있는 모습이 보였다.

'아버지!'

홍이는 가슴을 치며 속으로 아버지를 불렀다. 당장이라도 아버지에게 달려가고 싶었다. 하지만 무슨 일이 벌어진 것인지 가만히 지켜보는 수밖에 없었다.

사또가 동헌 마루에 뻗치고 앉아 큰 소리로 호령했다.

"이놈! 어서 네 죄를 고해바치지 못할까?"

"약조한 대로 하수오를 구해 바쳤는데 죄를 물으시니 대체 무슨 말씀이신지. 나리, 쇤네는 영문을 모르겠습니다."

사또가 수염을 쓸며 대꾸했다.

"그래? 네 놈이 치도곤을 맞아야 정신을 차릴 모양이구나. 여봐라! 저놈을 매우 쳐라!"

"매우 치라신다!"

댓돌에 선 형방의 외침에 사령들이 아버지를 맨땅에 엎드리게 했다. 양쪽에 선 사령들이 "매우 쳐라!"하고 소리 높여 외치자 집장사령이 버드나무로 만든 곤장을 양손으로 잡아 올려 아버지의 볼기를 세게 내려쳤다.

"아악!"

아버지의 입에서 고통스러운 외침이 터져 나왔다. 홍이는 가슴이 새까맣게 타들어 갔다. 아버지가 대체 무슨 잘못을 했단 말인가. 제대로 걷지도 못하면서 산속을 헤맨 끝에 간신히 하수오를 구해다 바치지 않았던가. 무엇이 잘못되어도 단단히 잘못된 게 틀림없다. 사또가 아무리 악랄하다지만 무슨 오해가 있지 않고서야 이럴 수는 없는 일이었다.

호된 매질이 몇 차례 더 있고 나서 사또가 다시 입을 열었다.

"어떠냐? 이제는 네 잘못을 인정하겠느냐?"

아버지의 얼굴은 살이 찢기는 고통으로 참혹하게 일그러졌다. 하지만 사또가 원하는 대답을 해 줄 수는 없었다.

"사또! 제가 무슨 잘못을 했는지 알아야 인정을 하든 말든 할 게 아닙니까. 정말 답답합니다."

사또는 수염을 부르르 떨며 소리쳤다.

"저 괘씸한 놈이 끝까지 오리발을 내미는구나. 여봐라, 저놈이 실토할 때까지 매우 쳐라!"

"사또 나리!"

아버지의 처참한 외침이 잦아들 때까지 매질은 계속되었다. 홍이는 차마 그 모습을 볼 수 없어 감나무 가지에 얼굴을 파묻고 소리 죽여 울었다.

이윽고 아버지의 몸이 축 늘어졌다. 그제야 사또는 매질을 멈추게 했다.

"네놈이 하수오라면서 비슷하게 생긴 가짜 약초를 바치지 않았느냐? 감히 이 고을의 수령인 나를 능멸하고도 살아남기를 바랐더냐?"

죽은 것처럼 축 늘어진 아버지의 몸이 꿈틀거렸다. 아버지는 천천히 고개를 들고 힘겹게 말했다.

"가짜라니요? 쇤네는 결단코 그런 일이…… 없습니다."

"뭐라? 그럼 내가 거짓말이라도 한단 말이냐?"

"쇤네가…… 평생을…… 약초꾼으로 살았는데, 잘못…… 볼 리가 없습니다. 그건 분명히…… 하수오가 맞습니다."

"여기가 어디라고 천것이 감히 세 치 혀를 놀리느냐? 네놈 때문에 내가 김 참판댁에 커다란 결례를 범하고 말았으니 당장 사지를 찢어 죽여도 시원치 않을 일이다. 여봐라! 저놈의 숨통이 끊어질 때까지 계속 쳐라!"

철퍼덕, 맨살을 호되게 내려치는 소리가 연이어 들려왔다. 홍이는 관아 문으로 내달아 관졸들에게 울면서 매달렸다.

"제 아버지는 거짓말하는 분이 아닙니다. 아버지가 갖다 바친 약초는 진짜 하수오가 맞습니다. 제가 사또께 아뢰겠습니다. 제발 문 좀 열어 주세요!"

"너까지 매타작당하고 싶지 않거든 어서 물러나거라!"

관졸들은 홍이를 바닥에 내팽개쳤다. 홍이는 맨땅에 주저앉아 한참을 울다가 벌떡 일어나 어딘가로 줄달음을 쳤다.

홍이는 숨을 헐떡이며 약재상 이씨의 집 안으로 뛰어들었다. 이씨는 마루에서 말린 약초를 손질하고 있었다. 홍이는 다짜고짜 댓돌 위에 엎드려 이씨 바짓가랑이를 붙잡고 눈물로 호소했다.

"어르신! 지금 당장 관아에 가서 저희 아버지가 사또께 바친 하수오가 진짜라는 걸 증명해 주세요. 그렇게만 해 주신다면 은혜는 죽을 때까지 잊지 않겠습니다!"

이씨는 당황해서 홍이를 쳐다보기만 했다. 홍이는 눈물을 흘리며 간절하게 매달렸다.

"그게 만약 가짜라면 제가 이 자리에서 혀를 깨물고 죽을 것입니다. 제발 부탁드립니다, 어르신."

"소용없으니 돌아가거라."

"제가 뭐든지 할게요. 어르신이 시키시는 일이라면 뭐든지 다 해 드릴게요. 저대로 두면 저희 아버지 맞아 죽어요, 제발요!"

이씨는 혀를 끌끌 찼다.

"아 글쎄, 소용없다는 데도!"

"제 말을 못 믿으시는 거예요?"

홍이가 눈을 희번덕거리며 주변을 살폈다. 약초를 썰 때 쓰는 손작두를 보더니 냉큼 달려가 날카로운 칼날 위에 제 손을 올리고는 소리쳤다.

"제가 손가락을 자르면 믿어 주시겠어요?"

황급히 달려온 이씨가 손작두를 빼앗았다.

"허 참, 어린것이 참으로 맹랑하구나."

이씨는 우물쭈물하며 말을 이었다.

"사또도 이미 아신다."

"네? 무엇을요?"

망설이던 이씨가 에라 모르겠다는 듯 내뱉었다.

"네 아버지가 바친 하수오가 진짜라는 걸 사또도 알고 있단 말이다."

"그게 무슨 말씀이세요? 그런데 왜……?"

홍이 얼굴에 커다란 물음표가 떠올랐다. 이씨는 문갑에서 굵은 뿌리가 달린 약초 한 포기를 꺼내 홍이에게 내밀었다.

"이게 뭔지 알겠니?"

홍이는 약초를 찬찬히 들여다보았다. 언뜻 보기에는 하수오와 비슷했다. 문득 산에서 아버지가 해 준 이야기가 떠올랐다.

'아주 비슷하게 생겼지만 이엽우피소 꽃은 꽃받침이 뒤로 젖혀진 모양으로 핀단다. 그리고 뿌리를 잘라 보면 이엽우피소는 진액이 흘러나오지만 하수오는 그렇지 않거든.'

홍이는 뿌리를 부러뜨려 보았다. 하얗고 미끌미끌한 진액이 흘러나왔다.

"이건 이엽우피소예요. 하수오와 비슷하게 생겼지만 약재로는 잘 쓰지 않는댔어요. 그런데 이걸 왜……?"

이씨는 홍이의 대답에 놀라는 눈치였다. 그리고 작정한 듯 입을 열었다.

"사또가 어젯밤 늦게 나를 사랑채로 부르더니 하수오와 비슷하게 생긴 약초가 있느냐고 묻는 게 아니냐. 그래서 네가 방금 말한 대로 나도 말씀드렸지. 아, 그랬더니 사또가 반색을 하면서 이엽우피소를 당장 가져오라고 하지 뭐냐."

"뭐라고요? 그래서요?"

"약재로 잘 쓰지도 않는 걸 내가 가지고 있을 턱이 있나. 그런데 사또가 오늘 해가 뜨기 전까지 그걸 구해 오지 못하면 경을 칠 줄 알라고 으름장을 놓지 뭐냐. 할 수 없이 이엽우피소를 하수오라고 속여 파는 사기꾼을 밤새 수소문해서 비싼 값을 치르고 겨우 갖다 바쳤지."

이씨가 혀를 차며 말을 이었다.

"나 원 참, 살다 살다 별 희한한 일을 다 겪는구나 싶었는데 이제야 알겠다. 욕심 많은 사또가 진짜 하수오를 보니 제가 갖고 싶어서 이런 짓을 꾸민 것이로구나."

홍이는 머리를 세게 얻어맞은 것처럼 어지러웠다. 이씨가 제 입을 찰싹찰싹 때리며 말했다.

"내 이걸 입 밖에 내면 안 되는데. 하여간 네 아버지를 구하기는 어려울 거다, 쯧쯧."

홍이는 휘청거리며 다시 관아로 향했다. 아버지가 멍석에 말려 문밖에 버려져 있었다. 홍이는 아버지를 일으켜 세우려고 떨리는 손으로 멍석을 걷어 냈다. 하지만 온통 피투성이인 아버지는 이미 싸늘하게 식어 있었다. 홍이는 아버지 앞에 엎드렸다. 목구멍이 꽉 막힌 것처럼 소리조차 나오지 않았다. 제 가슴을 주먹으로 치며 꺼이꺼이 피 같은 울음을 토해냈다.

멀리서 기둥 뒤에 숨어 홍이를 지켜보며 입술을 깨무는 사내아이가 있었다.

재앙의 시작

사또의 큰아들 정학이 훈장의 지도에 따라 글 읽는 소리가 서당 마당에까지 청아하게 울려 퍼졌다. 마당에서는 완이 쪼그리고 앉아 나뭇가지로 땅바닥에 글씨를 쓰고 있었다. 정학이 읽는 대로 줄줄이 적어 나가는데 속도는 물론이고 서체 또한 놀라웠다.

"인무원려 필유근우(人無遠慮必有近憂)라. 무슨 뜻이더냐?"

정학이 우물쭈물하며 대답했다.

"사람이 멀리 생각하지 못하면 반드시 가까운 근심이 있다는 뜻입니다."

정학의 대답이 마음에 들지 않는지 훈장은 못마땅한 얼굴로 곰방대를 땅땅 두드렸다.

"그러니까 그게 무슨 뜻이냐고 물은 것이다."

"그, 그러니까…… 생각이 짧으면 우환이 생긴다는……."

훈장이 답답하다는 듯 다시 물었다.

"생각이 짧으면 어찌하여 우환이 생긴다는 것이냐? 네 생각을 말해 보라는 것이다."

방 안에서는 아무 대답도 들리지 않았다. 마당에 앉아 있던 완이 무심코 내뱉었다.

"멀리까지 내다보고 꼼꼼하게 준비하지 않으면 자칫 사소한 것이라도 놓칠 수 있고, 훗날 그것이 큰 우환으로 돌아올 수 있는 법이지."

방문이 벌컥 열렸다. 훈장이 매서운 눈초리로 쏘아보았다. 완은 소스라쳐 흙바닥에 엎드려 머리를 조아렸다. 훈장이 쌀쌀한 목소리로 말했다.

"더 자세히 말해 보아라."

완이 고개를 들고 잠시 망설이다가 입을 열었다.

"좋은 일이 생기면 사람들은 기쁨에 들떠 그 일의 파급력을 꼼꼼히 따져보고 대비하는 데는 소홀해지기 쉽습니다. 그렇게 되면 결국 경사가 우환을 몰고 오는 꼴이 되어 버리지요. 그러니 세상에는 좋기만 한 일도 없고, 또 거꾸로 나쁘기만 한 일도 없다고 생각합니다."

완은 다시 땅에 코를 박고 엎드렸다. 심장이 쿵쾅거렸다. 정학을 가르치는 훈장님 앞에서 감히 제 식견을 말하다니 꿈인가 생시인가 싶었다. '버릇없는 놈!' 하고 호통이 날아오지 않을까 걱정하고 있는데 뜻밖에도 조용했다. 완은 살그머니 고개를 들고 눈치를 살폈다. 훈장의 눈길이 마당에 써 놓은 완의 글씨에 머물러 있었다. 그 옆에서 정학이 사납게 눈을 치켜뜨고 완을 노려보았다. 완은 가슴이 철렁해서는 얼른 고개를 숙였다.

방문이 쾅 닫혔다. 벼락은 완이 아니라 정학에게 쏟아졌다.

"양반가의 도령이 천한 종의 소생만도 못하다니. 대체 그동안 글공부를 어찌 한 것이냐. 당장 종아리를 걷어라!"

회초리가 획획 바람을 가르는 소리와 종아리를 찰싹찰싹 치는 소리, 이를 악물고 아픔을 참는 정학의 신음이 연이어 흘러나왔다. 완은 제가 종아리를 맞는 것처럼 몸이 벌벌 떨렸다.

홍이는 마을 사람들의 도움으로 아버지의 장례를 치렀다. 아버지를 산에 묻고 동이와 함께 터덜터덜 집으로 돌아오는 길이었다. 마을 아낙들이 빨래터에서 수군거리고 있는데 분위기가 심상치 않았다.

"황 부자네 줄초상이 났다면서?"

홍이는 놀라 귀를 쫑긋 세웠다.

"큰아들이 죽었대요. 그런데 황 부자 어른이랑 똑같이 토사곽란에 시달리다가 온몸이 뻣뻣하게 굳고 시퍼렇게 변해서 별안간 죽어 버렸다지 뭐예요?"

"에구머니, 대체 무슨 일이람!"

홍이는 황 부자댁 마님이 얼마나 상심이 클까 마음이 아팠다. 동이를 데리고 집으로 들어서자, 막막함이 밀려왔다. 하늘 아래 단둘만 남았다는 사실이 비로소 실감 나기 시작했다.

"언니, 아버지는?"

동이는 방금 아버지를 땅에 묻고 왔으면서도 새삼스럽게 물었다. 홍이는 동이를 보면서 눈물을 삼켰다.

"아버지는 산에 가셨어. 한참 동안 못 오셔."

"몇 밤이나 자면 오셔? 열 밤?"

홍이가 고개를 저었다.

"그럼 스무 밤?"

"아니, 그보다 한참 더."

"힝."

동이가 울기 시작했다.

"아버지 보고 싶어."

홍이는 동이를 끌어안았다. 조그만 동이는 품에 쏙 들어왔다. 이 어린것을 두고 어머니, 아버지는 왜 그리 서둘러 가셨어요. 저 혼자서 어쩌라고. 참았던 눈물이 쏟아졌다.

"나도 아버지 보고 싶어."

자매는 껴안은 채 한참을 울었다. 홍이가 눈물을 닦고 반닫이에서 곱게 싼 보자기를 꺼내 동이에게 내밀었다.

"자, 이거 동이 귀빠진 날 선물."

동이는 눈이 휘둥그레져서 보자기를 풀었다. 고운 색동저고리를 본 동이는 눈에 눈물을 그렁그렁 매단 채 환하게 웃었다.

"와, 이거 정말 내 거야?"

"그럼, 우리 동이 주려고 며칠 밤을 새워 만든 거야."

"우아, 언니 최고!"

"어서 입어 봐."

동이는 색동저고리를 입고는 신이 나서 제자리에서 뱅글뱅글 돌았다. 어여쁜 동이 모습에 홍이 얼굴에도 미소가 떠올랐다. 하늘에 계신 어머니, 아버지도 동이를 보며 기뻐하고 계실 테지. 홍이는 눈물을 닦으며 마음을 다잡았다.

'앞으로는 내가 어머니도 되고 아버지도 되어 우리 동이를 지킬 거야.'

문밖에서 인기척이 났다.

"홍아, 좀 나와 봐라."

갑식 할매 목소리에 홍이가 마루로 나왔다.

"동이랑 둘이서 괜찮으냐? 무서우면 할매 집에 가서 잘래?"

"아니에요, 괜찮아요."

갑식 할매의 얼굴이 어두워졌다.

"그나저나 황 부자댁 말이야. 아무래도 심상치가 않다."

"네? 그게 무슨 말씀이세요?"

"황 부자댁 이웃들 말이다. 돌석이네, 삼식이네, 언년이네 식구들이 싹 다 앓아누웠다는데 증상이 황 부자댁과 똑같다지 뭐냐. 혹시 돌림, 에구 아니다. 괜히 부정 탈라."

할매는 제 입을 찰싹찰싹 치는 시늉을 했다. 홍이는 방에서 색 동저고리를 쓸어 보며 좋아하는 동이에게 눈길을 주며 말했다.

"날이 아직 더우니까 상한 음식을 먹어서 탈이 난 거겠지요."

하지만 홍이도 어쩐지 마음 한구석이 불안했다. 할매가 고개를 끄덕였다.

"그래, 이런 돌림병은 여태 못 봤으니까. 마마신(천연두나 홍역을 주관한다고 믿었던 신)이 오시면 열이 펄펄 끓고 얼굴과 몸에 온통 붉은 반점부터 생기지. 갑식이 아비, 어미도 그렇게 떠나보내지 않았니."

할매가 옷고름으로 눈물을 찍으며 말했다.

"하여간 이럴 때는 특별히 음식 조심해야 한다."

"그런데 이 밤에 무슨 일이 있나? 할매, 왜 이렇게 밖이 소란스럽지요?"

홍이와 갑식 할매는 길가로 나가 보았다. 등짐을 짊어진 행렬이 지나가고 있었다. 할매가 고개를 갸웃거렸다.

"참판댁 노비들 같은데."

말을 탄 선비가 행렬의 맨 앞에 있고, 가마 서너 채가 그 뒤를 따르고 있었다. 까치발을 하고 앞을 살펴보던 홍이가 이상하다는 듯 물었다.

"어디 유람이라도 떠나는 걸까요?"

그때 행렬의 <u>끄트머리</u>에서 누군가 툭 튀어나왔다.

"할매!"

"칠구 아니냐? 오밤중에 애쓰는구나. 참판댁 누가 유람 가시나 보지?"

"할매, 팔자 좋은 소리 하지 말아요. 시방 큰일 나 버렸어요."

"큰일이라니?"

"우리 주인 나리 말씀이, 지금 운산서 괴질이 퍼져서 사람들이 죽어 나간대요. 길가에 시체가 산처럼 쌓여 있다지 뭐예요."

"괴질?"

"그것이 참말로 괴상한 돌림병이랍디다. 그래서 이름도 괴질 아니요. 그 병에만 걸리면 토악질을 하고 물똥을 죽죽 싸 대는데 오장육부에 있는 걸 다 쏟아 내고도 멈추질 않는답니다. 나중에는 발끝부터 시작해 온몸이 뻣뻣하게 굳다가 시퍼렇게 변해서는 누가 목을 콱 조르기라도 하는 것처럼 컥컥대다가 순식간에 죽어 버린다지 뭐예요. 그래서 주인 나리께서 괴질을 피한다고 식솔들을 다 데리고 산에 있는 암자로 떠나는 길이지요."

칠구의 말에 홍이와 갑식 할매는 섬뜩한 얼굴로 서로 쳐다보았다. 행렬에 있던 사내 하나가 소리쳤다.

"어이, 빨리 안 가고 뭐 해!"

"예예, 갑니다요! 할매, 저는 가 볼게요."

"잠깐만요!"

홍이가 얼른 칠구의 소맷자락을 잡고 물었다.

"운산에 괴질이 도는데 참판 나리 댁이 왜 피난을 가시는 거예요? 여긴 운산이랑 한참 떨어져 있지 않아요?"

칠구가 소리를 죽여 말했다.

"여기서도 이미 시작됐으니 그렇지. 정주 땅도 곧 운산처럼 아수라장이 되고 말 거야. 우리 주인 나리께서 평안 감사(관찰사)한테 직접 들은 이야기라고."

칠구가 행렬과 함께 어둠 속으로 사라질 때까지 홍이와 갑식 할매는 자리를 뜨지 못했다. 홍이가 조심스럽게 입을 열었다.

"할매, 아까 칠구 오라버니가 얘기한 증상 말이에요……. 똑같지요?"

"그래, 황 부자댁이며 삼식이네, 언년이네 모두 칠구 저놈이 직접 보기라도 한 것처럼 증상이 똑같았지."

갑식 할매가 잔뜩 겁먹은 얼굴로 종종거렸다.

"이게 대체 무슨 일이냐, 홍아."

홍이는 불안한 마음을 애써 누르며 캄캄한 하늘을 올려다보았다. 유난히 반짝이는 별 두 개가 나란히 떠 있었다. 마치 홍이를 내려다보고 있는 것만 같았다. 홍이는 저도 모르게 중얼거렸다.

'어머니, 아버지…….'

괴상한 돌림병

홍이는 뒤숭숭한 마음으로 밤새 잠을 설쳤다. 첫닭이 울자마자 일어나 시래기죽을 한술 뜨고는 동이를 데리고 집을 나섰다. 아버지의 장례를 도와준 마을 어른들에게 감사 인사를 드리기 위해서였다.

수구문(水口門) 근처를 지날 때였다. 동이가 홍이 손을 잡아끌었다.

"언니, 저기 무슨 구경거리 있나 봐. 가 보자."

사람들이 잔뜩 모여 웅성거리고 있었다. 몸집이 작은 동이는 사람들 틈새를 요리조리 비집고 들었다. 그러더니 곧 "으앙!" 하고 울음을 터뜨렸다. 홍이는 재빨리 사람들 사이를 파고들어 갔다. 동이는 얼굴이 하얗게 질린 채 주저앉아 울고 있었다.

"언니! 저거 봐, 무서워."

동이가 가리킨 곳에는 거적 더미가 하나 놓여 있었다. 거적은 오물로 뒤덮여 지독한 냄새를 풍겼다. 홍이는 코를 감싸 쥐었다. 돼지나 개의 사체를 거적에 싸서 버린 건가. 그때 갑자기 거적이 꿈틀꿈틀 움직이는가 싶더니 홱 젖혀졌다.

"아악!"

구경하던 사람들은 처참한 모습에 몸서리를 쳤다. 온몸에 배설물을 뒤집어쓴 노파가 고통에 몸부림치고 있었다. 노파의 몸은 나무토막처럼 딱딱하게 굳어 움직임이 기괴하기 짝이 없었지만 아직 목숨이 붙어 있는 게 분명했다. 이루 말할 수 없이 참혹한 모습이었다.

구경하던 무리 가운데 한 노인이 말했다.

"저, 저건 참판댁 막심이 아닌가?"

"그럼 병에 걸린 노비는 여기다 버리고 자기들만 피난을 떠났단 말인가?"

"세상에, 끔찍해라. 아직 목숨도 끊어지지 않았는데."

"인간의 탈을 쓰고 어쩌면 이럴 수 있어? 그 댁에서 삼대째 몸 바쳐 일해 온 노비를."

"그 댁 도련님이며 아기씨들 전부 저 손으로 키워 내지 않았는가. 참, 인심 한번 야박하군그래."

"아무리 천한 목숨이라지만 정말 너무하네."

모두 혀를 차며 노파의 처지를 동정하고, 참판댁의 몰인정을 비난했다. 하지만 그들 가운데 누구 하나 노파를 도와주려고 선뜻 나서지는 않았다.

"혹시 운산에 돌고 있다는 괴질 아닐까요?"

"참판 나리네서 버리고 떠난 걸 보면 그런 것 같기도 하고……."

사람들은 슬금슬금 뒷걸음질을 치기 시작했다.

"우리 정주 땅에도 괴질이 들어왔다는 게 사실일까요?"

"황 부자 어른이랑 큰아들도 괴질로 죽은 거라잖아."

"엄마야! 그럼 어떡해요?"

"어떡하긴 어떡해. 어서 피해야지."

몰려들어 구경하던 이들은 이제 서로 먼저 자리를 뜨려고 아우성을 쳤다. 그 와중에 노파를 덮은 거적에 발이라도 스칠라치면 소리를 지르면서 호들갑을 떨었다.

사람들이 썰물처럼 빠져나간 뒤에도 홍이는 차마 자리를 뜰 수 없었다. 동이는 홍이 뒤에 숨어 치맛자락을 잡아끌었다.

"우리도 얼른 가자. 나 무섭단 말이야."

"잠깐만."

홍이는 겁이 났지만, 천천히 거적 앞으로 다가갔다. 숨이 끊어진 듯 노파는 눈을 부릅뜬 채 더는 움직이지 않았다. 홍이는 손을 덜덜 떨면서도 거적을 덮어 비참한 모습의 시신을 가려 주었다. 마지막 찰나의 순간, 홍이는 노파의 입가에 희미한 미소가 스쳐 지나가는 것을 본 듯도 싶었다.

며칠 사이에 마을의 공기가 확 달라졌다. 한 집 건너 하나씩 병자가 생기고 집안 식구들 모두 앓아눕는 경우도 흔했다. 하루에도 수십 번씩 계속되는 구토와 설사에 사람들은 속수무책이었다. 약도 없고 구제할 방법도 전혀 없는 돌림병은 무섭게 퍼져 나갔다. 노인이나 어린아이는 증상이 시작되고 채 하루도 지나지 않아 죽어 버리기도 했다.

처음에는 마을 사람들이 모여 장례를 치러 주었지만 겨우 며칠 만에 그마저도 보기 어려운 일이 되어 버렸다. 집집이 환자가 있으니 다들 제 코가 석 자이기도 했다. 하지만 그보다는 괴질에 걸려 죽은 시신을 가까이하면 괴질 귀신이 들려 병이 옮는다는 소문 탓이 더 컸다. 결국 시신을 거두어 줄 피붙이가 없거나 식구들이 모두 앓고 있는 경우에는 길가에 버려질 수밖에 없었다. 그렇게 버려진 시신들 때문에 시신을 수습하고 매장해 주는 스님들은 눈코 뜰 새 없이 바빠졌다. 들것 하나에 시신을 세 구에서 많게는 다섯 구까지 싣고 가는 모습도 이따금 눈에 띄었다.

땅을 깊게 파서 묻을 여유가 없어 얕은 구덩이에 대충 파묻다 보니 비가 내려 흙이 씻겨 나가면 썩은 시신의 일부가 드러나기도 했다. 이마저도 하지 못한 시신은 산과 계곡에 버려져 산짐승의 먹잇감이 되기도 했다. 파리떼와 모기떼가 시체에 달라붙어 피를 빨았고, 삵이나 여우는 시체를 파먹었다. 나무를 하러 산에 간 이들은 끔찍한 모습을 보고 등골이 오싹해지곤 했다. 자신 또한 괴질에 걸려 같은 처지가 될지 모른다는 공포심이 온 마을을 뒤덮었다.

양반이나 평민 중에서도 부유한 이들은 너나 할 것 없이 짐을 싸서 마을을 떠났다. 돈도 의탁할 곳도 없는 이들만 남아 살얼음판을 걷는 듯한 두려움 속에서 하루하루 버텨 나갔다.

홍이도 괴질이 무서웠지만 집에서 손 놓은 채 앉아 있을 수만은 없었다. 어린 동이와 먹고살려면 뭐라도 해야 했다. 동이를 데리고 장에 가서 말린 약초를 팔아 보려고 나선 참이었다.

이웃집 돌쇠 아범이 마당 평상에 앉아 새끼줄에 숯덩이와 솔가지를 끼워 넣고 있었다.

"아재, 뭐 만들어요?"

동이가 신기한 듯 물었다.

"부정한 귀신이 집에 들어오지 못하게 매달아 놓을 금줄이다."

"귀신이요?"

"그래, 괴질 귀신 말이다. 홍아, 너 그림 좀 그릴 줄 아니?"

"네? 잘 못 그리는데."

"그래도 나보다는 낫겠지. 가만, 좀 기다려 봐라."

돌쇠 아범은 방에 들어가 누런 종이와 붓, 벼루와 먹을 가지고 나왔다.

"여기다가 고양이 그림 좀 그려 다오."

"갑자기 고양이 그림은 왜요?"

"여태 못 들었니? 괴질 걸려 죽은 사람들을 봐라. 하나같이 발 뒤꿈치부터 시작해서 몸뚱이가 뻣뻣하게 굳어서는 사지를 뒤틀 며 괴로워하다가 죽어 버리지 않니. 그게 바로 쥐 귀신이 발뒤꿈 치를 물고 다리를 갉아 먹으면서 올라가기 때문에 그런 거야. 그 러니 쥐 귀신을 몰아내려면 고양이 부적만 한 게 없지."

듣고 보니 그럴싸했다. 홍이는 먹을 갈아 정성껏 고양이 그림을 그리기 시작했다. 최대한 무섭게 보이도록 그리려고 애를 썼지만 완성된 고양이의 모습은 어쩐지 우스꽝스럽기만 했다.

"하나 더 그려서 네 집 문 앞에도 갖다 붙여라."

홍이가 고양이 그림을 하나 더 완성하고 나자 돌쇠 아범은 뾰 족뾰족한 가시가 있는 엄나무 가지를 내밀었다.

"괴질 신은 가시를 싫어한다니까 이것도 같이 문에 걸어 두고."

홍이는 허리를 꾸벅 숙였다.

"고맙습니다, 아재."

"그래, 동이랑 부디 몸조심해라."

괴질의 원인도 해결책도 깜깜한 상황에서 사람들은 그저 귀신 쫓는 데만 매달릴 수밖에 없었다. 어떤 이들은 목화씨를 태우거 나 어린아이의 머리카락을 태워 재를 뿌리기도 했다. 여유가 있 는 집에서는 무당을 불러 굿을 하거나 부적을 사다 붙였다. 용하 다고 이름난 무당의 집 앞에는 사람들이 줄지어 섰고, 갖가지 민 간요법이 등장했다. 고춧가루를 막걸리에 타서 마시면 낫는다거나 동백기름을 코에 바르면 병에 걸리지 않는다는 식이었다. 하지만 모두 소용없었다. 괴질은 들판에 번진 불처럼 점점 더 많은 이를 집어삼켰다. 집집이 초상이 나서 마을에는 곡소리가 끊이지 않았다.

다음 날 저녁, 홍이가 동이를 데리고 장에 갔다 집으로 돌아오는 길이었다.

"아이고, 돌쇠 아부지!"

돌쇠 어멈이 울부짖고 있었다. 홍이는 돌쇠네로 뛰어 들어가려다 멈칫하고 말았다. 어제까지 멀쩡하게 앉아 금줄을 만들던 돌쇠 아범이 시커먼 시신이 되어 거적 위에 누워 있었다. 돌쇠 어멈이 불면 날아갈 것 같은 몸으로 곧 쓰러질 듯 울고 있고, 그 옆에선 이제 막 걸음마를 시작한 돌쇠가 눈물과 콧물 범벅이 된 채 앉아 있었다.

"어쩌다가 하루 만에……."

홍이는 말을 잇지 못했다. 홍이가 품에 안고 있는 보따리에는 어제 돌쇠 아범이 준 엄나무 가지와 고양이 그림이 들어 있었다.

엎어져 울던 돌쇠 어멈이 갑자기 몸을 일으키더니 성난 눈을 치켜떴다. 허옇게 핏기 없는 얼굴에 살기등등한 눈알만 뒤룩거렸다. 돌쇠 어멈은 주위를 두리번대더니 낫을 낚아채듯 손에 들고는 사립문 밖으로 뛰쳐나가려 했다.

홍이가 재빨리 돌쇠 어멈의 허리를 끌어안았다.

"그걸 들고 어딜 가려고요?"

"관아에 간다! 우리 서방 다 죽어 가는데 관졸들이 나와서 도망간 친척 군포 내놓으라더라. 그것들이 사람이냐! 가서 불이라도 확 싸지르고 나도 콱 죽어 버릴란다!"

"그럼 돌쇠는 어쩌라고요!"

돌쇠 어멈은 그 자리에 주저앉아 땅을 치며 울었다.

"아이고, 너무 억울해서 그런다. 불쌍한 우리 서방 죽도록 고생만 하다가 이렇게 허망하게 갈 줄이야. 아이고, 아이고."

마을 사람들이 하나둘 모여들었다.

"지체 높은 양반네들은 진작에 내빼 버리고 우리만 내팽개쳐져서 이게 뭔가. 개죽음당하기만 기다리고 있는 처지니."

"사또란 인간은 대체 뭘 하는 거람. 고을 백성들이 이렇게 죽어나가는데 구휼미를 나눠 주기를 하나, 제를 지내 주기를 하나? 코빼기 한 번 볼 수가 없으니."

"사또가 언제 백성들 목숨에 관심이나 있던가? 세금 뜯어 가는 데만 관심 있지."

"예부터 돌림병은 나라님이 부덕해 생기는 것이라지 않나? 우리 고을도 사또가 저리 원한을 사고 있으니 고을 안팎에 원귀가 돌지 않는 게 이상하지."

슬그머니 누군가 끼어들었다.

"그게 아니라는데요."

"넌 황 부자댁 쌍개 아니냐? 그런데 뭐가 아니란 말이냐?"

"괴질 말입니다. 우리 마을에 괴질을 끌고 온 이는 따로 있다고 하던데요."

"그게 누군데?"

쌍개는 입맛을 쩝쩝 다시며 머뭇거렸다.

"아, 이놈아. 말을 시작했으면 끝을 내야지. 무슨 말을 하다가 말아?"

"그, 그게……"

"왜 말을 못 해? 대체 그게 누군데?"

"에잇, 나도 모르겠다. 바로 황 부자 나리랍니다."

"뭐야?"

"저희 나리가 운산에서 금광으로 돈을 아주 갈퀴로 긁어모은 건 다들 아시지요? 그런데 그 금광이라는 게 말입니다, 아주 위험한 일이거든요. 광산이 무너지면 그 속에서 일하던 사람들은 다 깔려서 몰살되고 만단 말입니다. 그러니 억울하게 죽은 원혼들이 다 어디로 갔겠습니까?"

"오호, 그거 말 되네그려."

"그러니까 광산에서 죽은 사람들이 귀신이 되어 황 부자를 혼내 주기 위해 우리 마을에 괴질을 몰고 왔다, 이 말인가?"

"그렇습니다요."

"자네는 그 말을 어디서 들었나?"

"운산에서 온 일꾼한테서 들었습지요. 괴질이 운산에서 먼저 돌기 시작한 것도 다들 아시지요? 운산에서도 광산을 하는 집안부터 요절나기 시작했답니다."

"듣고 보니 앞뒤가 척척 들어맞는구먼. 우리 마을에서도 황 부자가 가장 먼저 괴질로 쓰러지지 않았나?"

"그랬지."

"그럼 원수는 따로 있었구먼!"

"갑시다, 지금 당장!"

갑자기 돌쇠 어멈이 돌쇠를 들쳐 업더니 휘적휘적 걸어갔다. 마을 사람들도 성난 걸음으로 그 뒤를 따랐다. 몇몇 사람들은 돌쇠 아범의 시신을 거적에 말아 지게 위에 올렸다.

홍이가 애가 달아 소리쳤다.

"어디들 가시는 거예요?"

홍이는 입술을 질끈 깨물었다.

'설마······!'

홍이는 서둘러 동이를 집에 데려다 놓고 사립문 밖으로 뛰어나갔다.

황 부잣집에 도착한 홍이는 깜짝 놀랐다. 대문이 지독한 냄새가 나는 오물로 잔뜩 더럽혀져 있었다. 홍이는 얼른 보따리에 있던 천을 꺼내 대문을 닦기 시작했다.

"그냥 두지 못해?"

쌀쌀한 목소리에 놀라 고개를 들었더니 갓난아기를 업은 아낙이 홍이를 노려보고 있었다. 얼마 전 조씨에게 곡식을 꾸어 간 아낙이었다.

"황 부자가 우리 마을로 끔찍한 괴질 귀신을 몰고 왔다는 말도 못 들었니?"

홍이는 기가 막혔다.

"그게 무슨 말이에요? 황 부자 어른이랑 이 댁 큰아드님도 돌아가셨잖아요. 그런 소문 때문에 이러면……."

아낙이 홍이의 말을 끊고 쏘아붙였다.

"이 집 때문에 지금까지 마을 사람들이 몇 명이나 죽었는지 아니? 앞으로 얼마나 더 죽을지 몰라. 우리 애 아버지도 괴질에 걸려 자리에 누웠는데 죽기라도 하면 나 혼자 갓난애랑 어떻게 살아. 모두 다 이 집 때문이라고!"

돌쇠 어멈과 마을 사람들은 거적에 말아 온 돌쇠 아범의 시신을 황 부자네 대문 앞에 부렸다. 누군가 굳게 닫힌 대문에 돌을 던졌다.

"우리 마을의 재앙이 모두 다 너희 때문이다. 마을을 떠나라!"

마을 사람들이 소리 높여 다 같이 외쳤다.

"마을을 떠나라! 마을을 떠나라!"

"이 집 식구들을 제물로 삼아 제사를 지내야 괴질 신이 물러가는 거 아니야?"

"그것참, 좋은 생각일세."

"양심이 있으면 자진해서 속죄해야지!"

"자진해라! 속죄해라!"

대문 안은 쥐 죽은 듯 아무런 기척이 없었다.

홍이는 점점 더 험한 말을 내뱉는 마을 사람들을 말리고 싶었다. 하지만 어린 돌쇠가 제 아비의 시신 옆에서 주저앉아 우는 모습을 보고는 차마 아무 말도 할 수가 없었다.

결국 홍이는 집으로 발길을 돌리고 말았다. 김 영감의 꽃밭에는 부용화며 접시꽃 같은 색색의 꽃들이 탐스럽게 피어 있었다. 아름다운 꽃을 보자 참았던 눈물이 비죽 솟았다. 홍이는 꽃밭 앞에 선 채 흐르는 눈물을 닦았다.

완

온 마을이 난리 통인데도 사또의 살림채인 내아는 딴 세상처럼 고요했다. 완은 헛간 앞에 앉아 꼭두를 깎고 있었다. 꼭두는 사람이 죽으면 저승길의 동반자로 삼으라고 만들어 주는 나무 인형인데, 사람들은 망자가 죽어서도 혼자가 아니길 바라는 마음을 전하기 위해 상여에 꼭두를 달아 장식하곤 했다.

완은 쓸쓸했던 제 어미의 마지막 가는 길을 떠올렸다. 멸시와 천대 속에 살던 천한 종의 신분이 죽는다고 달라질 것은 없었다. 인정머리 없는 사또는 제 아들을 낳아 준 여인이 병에 걸려 죽어 가는데도 약 한 첩 쓰기를 아까워하더니 결국 장례조차 제대로 치러 주지 않았다. 그때 완은 너무 어린 나이라 어머니의 초라한 무덤 앞에서 우는 것밖에는 하지 못했다.

어머니의 기일이 다가오면 살구나무 가지를 잘라 정성껏 꼭두를 만들기 시작한 건 삼 년 전부터다. 다 만든 꼭두는 어머니의 무덤 옆에 잘 묻어 주었다. 몇 번 만들다 보니 나무 깎는 솜씨가 조금씩 나아졌다. 특히 올해는 정성을 더 기울여 만든 터라 고운 어머니의 미소를 닮은 어여쁜 꼭두가 완성되어 가고 있었다. 마무리 단계에서는 더욱 세심하게 주의를 기울여야 했다. 완은 온 신경을 집중해 얼굴의 표면을 매끄럽게 다듬고 있었다.

"여기 있었구나, 이놈!"

정학의 성난 외침이 등 뒤에서 들렸다. 완은 깜짝 놀라 반사적으로 꼭두를 품에 숨겼다. 정학이 한 걸음씩 다가왔다. 정학의 뒤에 버티고 선 하인 둘은 몽둥이를 손에 쥐고 있었다.

"네 놈이 작정하고 훈장님 앞에서 망신을 줘? 아버님 눈에 들려고 일부러 그런 거지? 네 흉악한 속내를 내가 모를 것 같으냐?"

"절대 그런 게 아닙니다. 그저 글 읽는 소리가 좋아 마당에서 듣고 있다가 아는 내용이 나오기에 저도 모르게 그만……."

"뭐야? 내가 모르는 걸 넌 알고 있다, 이 말이냐? 이놈이 감히!"

"죽을죄를 지었습니다. 도련님, 제발 용서해 주십시오."

완의 애원도 소용없었다. 정학은 회초리를 맞은 분풀이를 단단히 할 모양이었다. 정학의 손짓에 건장한 하인 둘이 달려들어 완을 마구잡이로 두들겨 패기 시작했다.

땅에 쓰러진 완의 품에서 꼭두가 굴러떨어졌다.

"이게 뭐야?"

정학이 꼭두를 집어 들었다.

"그건 안 됩니다! 돌려주십시오!"

정학의 얼굴에 비열한 미소가 떠올랐다. 정학이 꼭두를 휙 내던졌다.

"부숴 버려."

하인이 몽둥이로 꼭두를 몇 번 후려치자 순식간에 산산조각이 나 버렸다.

"건방진 것, 한 번만 더 그따위 짓을 했다가는 너도 이 꼴이 될 줄 알아라."

정학은 피투성이가 된 완의 얼굴에 침을 퉤 뱉고는 돌아서 가 버렸다.

'오르지 못할 나무는 쳐다보는 게 아니다. 완아, 혹여나 나중에라도 글공부는 꿈도 꾸지 말아야 한다.'

어머니의 유언이 완의 가슴에 메아리쳤다. 완은 조각난 꼭두를 품에 안고 흐느껴 울었다.

"어머니!"

완은 끙끙거리며 몸을 일으켰다. 그러고는 한쪽 다리를 절뚝이며 어딘가로 향했다.

홍이가 황 부자네서 집에 돌아와 보니 동이가 보이지 않았다.

"동아! 어디 있니?"

동이가 핏기 없는 얼굴로 힘없이 뒷간에서 나왔다.

"나 배 아파."

홍이는 가슴이 철렁했다. 얼른 이부자리를 깔고 동이를 눕혔다.

"뭐 먹었어?"

"배가 고파서 밭에서 참외 따 먹었어."

동이는 이마를 찡그리며 덧붙였다.

"딱 하나만 먹었어, 아주 작은 걸로."

'참외 때문일 거야. 동이는 전에도 참외 먹고 배앓이를 한 적이 있잖아. 괜찮을 거야.'

홍이는 주문을 외듯 마음을 다스려 보려 했다. 하지만 자꾸만 불안해지는 건 어쩔 수 없었다.

"아, 또 뒷간."

부축을 받으며 뒷간으로 가던 동이가 울상을 하며 말했다.

"어떡해, 나 벌써……."

"괜찮아, 울지 마."

홍이는 얼른 물을 퍼 와서 동이를 씻기고 방 안에 눕혔다. 동이는 그 뒤로 열 번도 넘게 뒷간을 드나들더니 채 반나절도 못 되어 얼굴이 핼쑥해졌다.

홍이는 속이 바짝바짝 타들어 갔다. 멀쩡하던 돌쇠 아범이 하루 만에 시퍼런 시체가 되어 버린 모습이 자꾸만 머릿속을 떠다녔다. 홍이는 부엌에서 식은 숭늉을 뜨다가 그만 그릇을 놓쳐 깨뜨리고 말았다. 정신이 아득해져 바닥에 털썩 주저앉았다가 이내 세차게 도리질을 했다.

'아니야, 이러면 안 돼. 이럴 때일수록 내가 정신을 잘 붙들고 버텨야지.'

홍이는 발딱 일어나 숭늉을 한 대접 떠서 방으로 갔다. 동이 입에 천천히 떠 넣어 주었다.

"언니가 만들어 준 색동저고리 지금 입으면 안 돼?"

"얼른 나은 다음에 입자."

동이는 계속 칭얼대다가 홍이가 품에 안고 달래자 그대로 잠이 들었다. 홍이는 동이의 볼을 쓰다듬으며 이를 앙다물었다.

'동이마저 보내지는 않을 거야, 절대로!'

홍이는 그길로 약방으로 달려갔다. 이렇게 될 줄 모르고 말린 약초를 장에 나가 모조리 팔아 버린 자신이 원망스러웠다. 배앓이에 쓰는 약초는 남겼어야 했는데. 짚신이 자꾸 벗겨지자 아예 벗어서 손에 들고 뛰었다.

숨을 헐떡이며 간신히 약방에 도착한 홍이는 깜짝 놀라고 말았다.

"지금 뭐 하시는 거예요?"

의원은 홍이를 힐끔 쳐다보더니 퉁명스럽게 내뱉었다.

"보면 모르냐? 짐 꾸리고 있잖아."

"그러니까 짐을 왜…… 꾸리시는데요?"

의원이 성가시다는 듯 휘휘 손을 내저었다.

"왜긴 왜야! 피난 가려는 거지. 가뜩이나 정신없어 죽겠는데 저리 비키거라."

홍이는 눈을 동그랗게 뜨고 물었다.

"마을이 이 지경인데 어르신이 피난을 가시면 어떡해요?"

"나도 할 수 있는 게 없다. 너도 살고 싶으면 빨리 피난부터 가거라."

의원은 커다란 보퉁이를 짊어지고는 홍이를 밀치며 나섰다. 홍이는 대뜸 의원의 소매를 붙잡고 늘어졌다.

"어르신! 잠시만요. 우리 동이가 설사를 심하게 해요. 한 번만 봐주고 가세요. 네? 제발 한 번만요!"

"아 글쎄, 봐도 내가 해 줄 게 없대도! 어서 이 손 놓거라!"

"아직 어린애란 말이에요. 맥 한 번만 짚어 주세요. 약초는 제가 다 구해 올 수 있어요!"

"얘가 왜 이래. 이거 놓으래도!"

의원은 홍이를 매몰차게 뿌리치고 도망치듯 약방을 나갔다. 하지만 몇 발짝 가지 못해 주춤거리며 뒷걸음칠 수밖에 없었다. 성난 마을 사람들이 횃불을 들고 의원의 앞을 가로막았다.

"의원이란 작자가 죽어 가는 병자들을 내팽개치고 저 혼자만 살겠다고 도망을 쳐?"

"네가 이러고도 의원이냐?"

"왜, 왜들 이러시오? 물러들 가시오."

"못 간다. 가려거든 우리 어머니 살려 놓고 가라."

"그동안 우리한테 받아먹은 곡식이며 돈이 얼만데, 그냥은 못 보내지."

"아, 왜들 이래! 의원은 사람 아니야? 내가 살아야 남도 살리든지 말든지 할 것 아니야!"

의원은 궁지에 몰리자 도리어 큰소리를 쳤다. 그러고는 빈틈을 노려 잽싸게 달아났다.

"거기 안 서!"

마을 사람들은 소리치며 의원을 쫓아갔다. 몇몇 사람들은 털썩 주저앉아 울음을 터뜨렸다.

"아이고, 의원도 도망쳐 버리고 우린 이제 어쩌나."

홍이는 벌떡 일어나 방 안으로 뛰어 들어갔다. 말리려고 널어둔 약재 가운데 아버지가 배앓이에 효험이 있다고 한 몇 가지를 찾아냈다. 이질풀, 백출, 느릅나무 껍질, 또 뭐가 있더라. 홍이는 기억을 더듬어 가며 손에 닿는 대로 약재를 쓸어 담았다.

"저기……."

"엄마야."

홍이는 화들짝 놀라 엉덩방아를 찧었다.

"놀랐니?"

완의 얼굴에서 피가 뚝뚝 떨어지고 있었다. 놀란 홍이 눈이 더 커졌다.

"피!"

완은 소매로 흐르는 피를 닦으며 조심스럽게 말했다.

"너 약재에 대해 좀 아니?"

홍이는 약초 더미를 훑어보았다. 마침 피를 멎게 하는 부들이 눈에 띄었다. 홍이는 부들을 빻아 상처에 붙여 준 뒤 몇 가지 약재를 더 찾아 완에게 건넸다.

"상처 회복을 도와주는 약재랑 뼈 부러진 데 효험 있는 약재니까 정성껏 달여 먹어."

퉁퉁 부어오른 완의 발목에는 나무를 대고 천으로 단단히 묶어 주었다.

"이삼 일은 냉찜질을 하고, 부기가 내리면 온찜질을 하면 돼."

완이 감탄하며 말했다.

"너 꼭 의원 같구나. 그런 건 어디서 배웠니?"

"검불 아재가 가르쳐 주셨어. 그나저나 넌 어디서 이렇게 되도록 맞았니? 우리 아버지도 얼마 전에……."

홍이는 말끝을 흐리며 눈시울을 붉혔다. 완은 홍이를 물끄러미 바라보며 아무 말도 하지 못했다. 홍이는 소매로 눈물을 쓱 훔치고는 모아 둔 약재를 치마폭에 싸서 일어섰다.

"내 동생이 아파서 얼른 가 봐야 해. 너도 조심해서 가. 약 잘 달여 먹고!"

'그때 그 아이야, 틀림없어.'

서둘러 뛰어가는 홍이의 뒷모습을 바라보며 완은 몇 년 전의 일을 떠올렸다.

사오 년 전의 일이다. 점심을 먹자마자 사또의 맏아들 정학이 명치를 부여잡고 방바닥을 뒹굴었다. 식탐이 많은 정학이 또 욕심껏 먹다가 급체한 모양이었다.

"어머니, 나 죽소! 아이고 배야!"

집안이 한바탕 난리가 났다. 사또 부인 배씨의 지휘 아래 하인들이 손가락을 딴다, 물을 끓인다 하면서 분주히 뛰어다녔다. 득달같이 의원도 불려왔다. 오래 지나지 않아 정학의 방이 잠잠해진 것으로 보아 급한 불은 끈 듯했다. 허름한 차림의 사내가 찾아온 것은 그때쯤이었다.

사내가 흙바닥에 엎드려 울면서 의원을 청했다.

"제 처가 지독한 난산으로 죽어 가고 있습니다. 부디 잠시만, 한 번만이라도 의원에게 보이게 해 주십시오. 제발!"

하인들이 나서서 쫓아내려 했지만 사내가 하도 간절하게 매달리는 통에 어쩌지 못하고 있었다. 하인들끼리 수군거리는 소리가 들려왔다.

"도련님은 이제 좀 괜찮아지셨는데 의원을 보내 줘도 되지 않아? 사람이 다 죽게 생겼다는데."

"그러게. 얼마나 다급하면 여기까지 와서 저러겠어."

그때 방문이 와락 열렸다. 배씨는 사내와 하인들을 표독스럽게 노려보더니 호통을 쳤다.

"예가 어딘 줄 알고 감히 천한 것이 들어와 소동이냐! 뭣들 하고 있는 게야? 당장 쫓아내지 못할까!"

"예, 마님."

하인들이 사내를 내아 문밖으로 떠밀었다. 그래도 사내는 가지 않고 문에 매달려 간곡하게 사정했다.

"피를 너무 많이 흘려서 산파로는 안 됩니다, 마님. 제발 한 번만 의원을! 자비를 베풀어 주십시오, 마님."

방 안에서 정학의 볼멘소리가 터져 나왔다.

"어머니, 저 아직 배 아픈데 밖이 왜 이리 시끄러워요?"

그 말에 호응이라도 하듯 배씨의 호통이 날아왔다.

"당장 쫓아내지 못하면 너희가 치도곤을 당할 것이다!"

"이놈, 얼른 못 나가!"

하인들은 사내를 발로 차고 몽둥이로 때려 문밖으로 내동댕이 쳤다. 사내는 포기하지 않고 따라 나온 이방의 발을 붙잡고 늘어졌다.

"제발 의원을 보내 주십시오, 제발."

이방이 버럭 소리를 질렀다.

"감히 여기가 어디라고. 썩 꺼지지 못해! 저놈이 아직 매를 덜

맞았나 보구나. 물러날 때까지 더 치거라."

하인들이 다시 달려들었다.

"아버지!"

조그만 여자아이가 구르듯 달려왔다.

"우리 아버지 때리지 마세요!"

무섭지도 않은지 여자아이는 몽둥이로 얻어맞는 사내를 조그만 몸으로 감싸려고 했다.

"홍아!"

사내가 얼른 딸을 품에 안았다. 딸까지 얻어맞게 할 수는 없었는지 사내는 그제야 힘없이 물러났다.

완은 나무 뒤에 몸을 숨기고 부녀의 뒷모습을 지켜보았다.

여자아이가 시무룩하게 물었다.

"아버지, 의원 어른은 왜 우리 집에 오시지 않아요? 어머니는 지금 의원 어른이 꼭 필요한데?"

사내는 쓸쓸한 눈빛으로 여자아이를 바라보았다.

"우리 천것들의 목숨값은 한없이 낮고, 사또 자제의 목숨값은 높디높아서 그런 모양이다."

"그런 게 어디 있어요? 아버지가 그랬잖아요. 산신령님이 약초를 귀하고 높은 사람들에게만 주신 거겠냐고. 우리처럼 가난하고 천한 사람들에게도 골고루 나누어 주신 거라고. 그건 사람의 목숨은 모두 똑같이 귀하고 소중하다는 뜻 아니에요?"

사내는 빙긋이 미소 지어 보이며 여자아이의 머리를 쓰다듬어 주었다.

"그래, 듣고 보니 네 말이 옳구나. 사람 목숨은 모두 똑같이 귀한 것이다."

"아버지, 어서 어머니한테 가요."

"그래, 그러자꾸나."

완은 절뚝거리는 아버지를 부축해 가는 여자아이의 뒷모습에서 한참 동안 눈을 떼지 못했다.

'사람의 목숨은 모두 똑같이 귀하고 소중하다는 뜻 아니에요?'

작은 여자아이의 말이 또다시 완의 가슴속에서 메아리쳤다. 완은 벌떡 일어나 절뚝거리면서 얼른 문밖으로 나갔다. 저 멀리 뛰어가는 홍이 뒷모습이 희미하게 보였다.

"이름이 홍이라 했던가."

오래전 그날처럼, 완은 또다시 홍이 뒷모습을 지켜보며 한동안 그 자리에 우두커니 서 있었다.

괴질 특효약

아침부터 홍이는 마당에 쪼그리고 앉아 동이에게 먹일 약을 달이고 있었다. 약방에서 가져온 약재들을 곱돌 약탕관에 넣고 활활 부채질을 하면서 중얼거렸다.

"어르신, 죄송해요. 제가 가져온 약초들은 나중에 꼭 다시 채워 놓을게요."

홍이가 그린 고양이 그림이 방문에 붙어 있고, 방 안에는 동이가 힘없이 누워 있었다.

갑식 할매가 걱정스러운 얼굴로 들어왔다.

"동이는 좀 어떠냐?"

"밤새 설사를 했어요. 숭늉만 계속 먹이고 있는데 그것도 족족 게워 내니."

"보리밥을 먹으면 병을 면할 수 있다고들 하던데, 너나 할 것 없이 눈에 불을 켜고 사재기를 하니 겉보리 값이 백미 값만큼 뛰었다더라."

"저도 그 소문 들었는데, 값은 둘째치고 아예 구할 수가 없더라고요. 돈 있는 사람들이 몽땅 쓸어 간 모양이에요."

"참, 동네 어귀 느티나무 아래서 외지에서 온 사람이 괴질 특효약을 판다는구나. 운산에서도 그 약을 먹고 감쪽같이 나은 사람이 수두룩하다지 뭐냐."

"그래요?"

홍이가 반색을 하며 벌떡 일어섰다.

"엄청 비싸다는데……. 왜 안 그렇겠냐. 먹기만 하면 괴질이 씻은 듯이 낫는다는데."

홍이 얼굴이 갑자기 어두워졌다가 이내 이를 앙다물고 말했다.

"동이만 낫게 할 수 있다면 제 머리카락이라도 팔아서 값을 치러야지요."

갑식 할매도 고개를 끄덕였다.

"그래, 하나밖에 없는 동생 살리려면 가릴 게 뭐가 있겠냐. 어서 가 보자꾸나."

홍이는 까무룩 잠이 든 동이에게 이불을 덮어 주고 갑식 할매와 함께 집을 나섰다. 동네 어귀로 가는 길에 사람들이 모여 있는 게 보였다. 험악한 말이 오가는 게 뭔가 심상치 않아 보였다. 홍이와 갑식 할매는 슬그머니 사람들 틈바구니로 끼어들었다.

사람들이 둘러싸고 손가락질을 하는 가운데 한 여인이 몸을 웅크리고 있었다. 자세히 보니 낯이 익었다. 홍이가 젖먹이 동이를 안고 젖동냥을 다닐 때 안쓰러워하며 젖을 물려 준 이웃 마을 아낙이었다. 친정이 운산이라 운산댁으로 불리는 아낙에게는 동이만 한 사내아이가 있었다. 동이가 운산댁의 젖을 빠는 동안 아기는 홍이 품에 안겨 숨넘어갈 듯 울곤 했다.

지게를 진 남자가 큰 소리로 욕설을 하며 운산댁에게 돌을 던졌다. 홍이가 깜짝 놀라 외쳤다.

"지금 뭐 하시는 거예요!"

남자가 험상궂은 얼굴로 홍이에게 말했다.

"넌 빠져."

"대체 무슨 일인데 그러시오?"

갑식 할매도 나섰다. 옆에 있던 아낙이 대꾸했다.

"저 여편네가 운산에 다녀왔다지 뭐예요."

"운산에를? 그런데 그게 왜……?"

할매가 인상을 찌푸리자 아낙이 답답하다는 듯 말했다.

"저 여편네 친정도 운산에서 광산 일을 한다고요. 모르세요? 우리 마을에 괴질이 왜 돌게 됐는지?"

운산댁은 고개를 들고 억울하다는 듯 외쳤다.

"우리 친정은 황 부자네처럼 금광을 하는 게 아니라 광산 근처에서 허드렛일이나 하는 것뿐이에요."

운산댁의 항변에 화답이라도 하듯 돌팔매가 와르르 날아들었다. 사람들의 시뻘건 눈이 꼭 마귀처럼 보였다.

"시끄러워! 안 그래도 괴질 때문에 다 죽게 생긴 마당에 거길 왜 갔다 오냐고!"

"우리 마을 사람들을 다 죽일 셈이야!"

"죽고 싶으면 너나 죽어, 이 여편네야!"

운산댁은 몸을 웅크리고 소리쳤다.

"잘못했어요! 살려 주세요!"

홍이는 발만 동동 굴렀다.

"할매, 좀 말려 줘요!"

갑식 할매는 혀를 끌끌 차며 고개를 저었다. 홍이는 주위를 두리번거리다가 반대편 나무 뒤에 숨어 있는 동이 또래의 사내아이를 발견했다. 홍이가 다가가자 아이는 흠칫 놀라 뒷걸음쳤다. 얼굴이 눈물로 얼룩져 꼬질꼬질했다.

"괜찮아, 이리 와."

아이는 눈물이 그렁그렁한 채 겁에 질린 얼굴로 가만히 서 있기만 했다. 홍이가 다가가 아이를 꼭 끌어안았다. 아이는 날개를 접은 어린 새처럼 몸을 떨었다.

"눈 감아."

홍이는 제 팔로 아이의 귀를 감싸 막아 주었다. 홍이의 품에 얼굴을 파묻고 아이는 어깨를 들썩이며 흐느꼈다. 사람들의 고함과

욕설이 귀청을 때렸다. 홍이는 세상이 빙글빙글 돌아가는 것처럼 어지러워 눈을 감았다. 바람을 타고 날아온 메밀꽃 향기가 코끝을 스치고 지나갔다.

　동네 어귀 느티나무 아래에는 구경꾼들이 바글바글했다.
　"신기환(腎氣丸)이요, 신기환! 괴질 특효약입니다!"
　홍이는 사람들 사이를 간신히 뚫고 들어갔다. 한 사내가 염소똥처럼 생긴 새카만 환을 수북하게 쌓아 놓고 팔고 있었다. 홍이가 옆에 있던 아낙에게 물었다.
　"저걸 먹으면 정말 괴질 걸린 사람이 나을 수 있답니까?"
　아낙이 고개를 끄덕였다.
　"그렇다는구나. 그런데 너무 비싼데, 믿어도 될까 모르겠어."
　옆에 있던 영감이 수염을 쓰다듬으며 점잖은 목소리로 말했다.
　"내가 운산에서 왔소. 지금 운산에서는 이 신기환을 구하지 못해 다들 난리라오. 하, 이걸 여기서 만나게 될 줄이야."
　한 사내가 영감에게 물었다.
　"영감님도 이 약 드시고 나았소?"
　영감이 기다렸다는 듯 대답했다.
　"그렇다니까. 신기환을 먹고 시키는 대로만 하면 누구든 틀림없이 씻은 듯 낫게 된다오. 이게 얼마나 구하기 힘든 건데, 당신네는 운이 좋은 줄이나 아시오."

"그게 정말이오?"

누군가 미심쩍다는 듯 묻자 마맛자국으로 얼굴이 얽은 청년이 불쑥 끼어들었다.

"저도 전에 신기환의 효험을 톡톡히 보았답니다. 이번에는 우리 어머니가 괴질에 걸려 앓아누우셨는데 이걸 구할 길이 없어 속을 태우고 있었지요. 다 팔려 버리기 전에 얼른 사야겠습니다. 어서 주시오."

청년이 품에서 엽전을 꺼내더니 척 내밀었다. 약장수가 넙죽 돈을 챙기며 말했다.

"필요한 이는 어서 사는 게 좋을 거요. 내일은 다른 곳으로 떠나야 하니 말이오."

흰 머릿수건을 쓴 아낙이 얼른 나섰다.

"아유, 우리 집 양반도 괴질에 걸려 며칠째 토사곽란으로 다 죽어 가고 있어요. 아무리 값이 비싸도 사람부터 살리고 봐야지. 나도 주시오."

약장수가 환을 무명천에 싸서 내밀면서 주의사항을 읊었다.

"내가 하는 말을 잘 듣고 시키는 대로 잘 따라 해야 효험을 볼 수 있소. 먼저 집에서 쓰는 칼을 정화수로 깨끗이 닦으시오. 그리고 병자에게 신기환을 한 주먹 꿀꺽 삼키게 한 후에 그 앞에서 칼을 입에 물고 뒤로 세 번, 앞으로 세 번을 뛰고 제자리에서 한 바퀴를 도시오. 그러는 동안 '괴질 신령님, 극락왕생하십시오'라고 정성껏 기도하는 것도 빠뜨리면 절대 안 되오. 정성을 다해 시키는 대로 하면 괴질이 씻은 듯 물러갈 것이오. 단, 간절한 마음이 없으면 효험이 없을 것이니 명심하시오."

구경하던 사람들이 하나둘 사기 시작하자, 수북하게 쌓여 있던 신기환이 눈에 띄게 줄어들었다. 그러자 남은 이들은 점점 더 다급해져서는 약장수에게 엽전을 내던지다시피 하며 서로 먼저 사겠다고 야단법석이었다. 약장수는 무명천에 환을 싸랴, 엽전을 받아 챙기랴 몸이 둘이 아니라 셋이라도 모자랄 판이었다.

그 와중에 홍이가 약장수를 향해 소리쳤다.

"제 동생이 많이 아파요. 제발 저한테도 조금만 주세요!"

"신기환이 필요하면 돈을 가져와야지. 저리 비켜!"

약장수는 콧방귀를 뀔 뿐이었다. 결국 홍이는 사람들에게 치여 멀찌감치 밀려나고 말았다. 갑식 할매는 실망해서 진작에 돌아섰지만 홍이는 끝까지 포기할 수 없었다. 갑식 할매에게 동이를 살펴 달라고 부탁한 뒤 약장수가 신기환을 다 팔고 떠날 때까지 기다렸다가 그를 따라갔다.

약장수는 홍이가 따라오는 줄도 모르고 두둑해진 돈주머니를 챙겨 주막으로 향했다. 그가 들어간 방 앞 댓돌에는 짚신 여러 켤레가 놓여 있었다. 홍이는 방문 앞에 가만히 서서 약장수에게 어떻게 청해야 신기환을 얻을 수 있을까 궁리하고 있었다.

'그렇지, 신기환을 만들 때 필요한 약초가 있겠지? 그것을 알려

주면 어떤 약초든 내가 구해다 드리겠다고 해야겠다. 제아무리 귀한 약초라도 선한 마음으로 간절하게 바라면 산신령님이 주시는 법이라고 아버지가 그러셨지. 그렇게 찾기 힘들다는 하수오도 구하지 않았어?'

홍이는 제가 해낸 생각이 기특해 미소가 절로 지어졌다. 동이가 벌써 낫기라도 한 것처럼 가슴이 벅차올랐다. 두근거리는 가슴을 진정시키며 약장수가 나오기를 기다리고 있는데, 방 안에서 두런두런 말소리가 들렸다.

"오늘도 제대로 한몫 잡았구먼."

낄낄거리며 짤랑짤랑 엽전을 세는 소리도 들렸다. 쨍한 여자 목소리가 툭 끼어들었다.

"어서 다른 곳으로 피해야 하는 거 아니에요? 신기환을 사 간 사람들이 효험이 없다고 몰려들면 어쩌려고요?"

약장수가 화가 난 듯 버럭 소리를 쳤다.

"효험이 없긴 왜 없어! 내가 정성을 다해야 효험이 있다 하지 않았나? 병자가 낫지 않는 건 제 정성이 부족한 탓이지, 그게 왜 신기환 탓이야!"

곧이어 약장수의 웃음이 터졌다.

"으하하하!"

"아이고, 뻔뻔스럽기는. 염소 똥에 지푸라기 섞어 빚은 환을 가지고 뭐, 정성? 지나가던 개가 웃겠소!"

"아무튼 괴질 덕분에 우린 이제 부자요, 부자!"

홍이는 몸이 부들부들 떨렸다. 그때 방문이 탁 열리더니 약장수가 얼굴을 내밀고 호기롭게 외쳤다.

"주모, 여기 술이랑 안주 넉넉히 가져와!"

방 안에는 운산에서 왔다는 긴 수염 영감, 얼굴이 얽은 청년과 흰 머릿수건을 쓴 아낙이 약장수와 함께 둘러앉아 있었다. 신기환을 먹고 괴질이 씻은 듯 나았다고 한 사람이며 가장 먼저 사겠다고 나선 사람까지 모두 한 패였다.

홍이는 화가 치밀어 올랐다. 마침 물지게꾼이 내려놓고 간 물동이가 보였다. 평소 같으면 홍이 혼자서는 끌기도 힘에 부쳤을 커다란 물동이였다. 힘이 어디에서 솟았는지 홍이는 물동이를 두 손으로 번쩍 들어 올려서는 방 안으로 확 부어 버렸다.

"이 나쁜 인간들! 괴질에나 걸려 다 뒈져 버려라!"

홍이는 제가 생각해 낼 수 있는 가장 심한 욕지거리를 시원하게 뱉어 주었다. 그러고는 씩씩거리며 주막을 나섰다. 등 뒤에서 사기꾼 무리가 아우성을 쳤다.

"저, 저거 뭐야!"

"저 계집애 당장 잡아!"

"잡긴 뭘 잡아, 동네 사람들 몰려오기 전에 얼른 줄행랑부터 쳐야지!"

홍이는 허탈한 마음으로 터덜터덜 집으로 향했다. 마을에 들어섰는데 어느 집에서 한 사내가 마당에서 칼을 입에 물고 껑충 껑충 뛰는 모습이 보였다. 마루 위에는 한눈에도 위중해 보이는 여인이 힘없이 누워 있고, 그 옆에는 다람쥐같이 조그만 아이들이 옹기종기 앉아 제 아버지가 하는 꼴을 쳐다보고 있었다.

홍이는 답답한 마음에 그거 다 가짜예요, 외치려다가 그만 입을 다물고 말았다. 사내의 얼굴이 어찌나 진지하고 애달픈지 그가 하는 우스꽝스러운 행동이 사뭇 경건해 보이기까지 했다. 아내를 살리기 위해서라면 지푸라기라도 붙잡고 싶은 사내의 마음을 모를 리 없었다. 홍이는 신기환이 가짜라는 걸 알면서도 그의 간절한 마음이 하늘에 닿기를, 그의 아내가 씻은 듯 병을 털고 일어나 주기를 빌었다.

김 영감의 집 앞을 지나다 홍이는 발길을 멈추었다. 마을에는 괴질의 광풍이 휘몰아치고 있었지만 김 영감은 평소와 다름없이 꽃밭에 난 잡초를 뜯고 있었다. 홍이는 가만히 서서 그 모습을 바라보았다. 비로소 마음이 편안해졌다.

사또의 사랑채에는 한양에서 온 젊은 의관(醫官) 이인구가 앉아 있었다. 이인구는 한양에 있는 전의감에서 일하다가 종구품의 벼슬을 받고, 얼마 전 평안도 감영(각 도에 관찰사가 직무를 보던 관아)에 파견된 심약(審藥)이다. 심약은 지방에서 의학을 가르치고, 귀한 약재를 가려 한양으로 보내는 일을 맡아 한다.

아무도 없는 방에 한참을 혼자 앉아 있으면서도 이인구의 자세는 조금도 흐트러지지 않았다. 하지만 속으로는 온갖 불평불만이 목구멍까지 치밀어 올랐다.

'참으로 운도 없지 않은가. 전의감에서 밤잠도 제대로 못 자면서 죽도록 공부만 하다가 이제야 겨우 관리가 되어 어깨 좀 펴고 살아 보나 했더니만. 하필이면 발령받은 곳이 괴질이 창궐한 평안도라니! 하긴 돈도 없고 뒤를 봐줄 든든한 일가친척 하나 없는 놈이 무엇을 더 바라랴. 일 년하고도 넉 달이다. 그동안만 잘 버티고 살아남아서 한양으로 돌아가야지.'

이인구의 얼굴에 자조 섞인 미소가 떠올랐다. 그는 방 안을 둘러보며 인상을 찌푸렸다.

'사랑채를 이리도 화려하게 꾸며 놓은 걸 보니 수령이라는 작자도 군자는 못 되는 모양이구나. 보나 마나 백성들 등골을 빼먹는 탐관오리일 터. 그나저나 사람을 불러 놓고 이리 기다리게 해? 내가 아무리 저보다 품계가 낮다 하여도 무례함이 지나치지 않은가.'

그때 문이 열리더니 사또가 들어왔다. 눈알이 툭 튀어나온 데다 턱살까지 두둑해 꼭 두꺼비처럼 생겼구나. 이인구는 속으로 비웃으면서 겉으로는 온화하고 예의 바른 미소를 지어 보였다.

사또가 호탕하게 웃으며 말했다.

"허허, 너무 오래 기다리게 했지요. 초면에 실례가 많습니다."

"아닙니다. 정식으로 인사 올리겠습니다. 이번에 평안도 감영으로 발령받은 심약 이인구라 합니다."

"만나서 반갑소이다. 먼 길 오시느라 애쓰셨소."

이인구가 사또의 눈치를 살피며 물었다.

"그런데 어떤 연유로 보자고 하셨는지요?"

사또는 이맛살을 찌푸리더니, 수염을 쓰다듬으며 입을 열었다.

"심약도 잘 아시다시피, 지금 평안도 전체가 괴질로 몸살을 앓고 있소. 그중에서도 정주 백성들의 피해는 이루 말할 수 없이 막심하오. 하루에도 수많은 이가 괴질로 목숨을 잃고, 온갖 와언(訛言)이 떠돌아 사람들을 현혹하고 있소. 가짜 약을 만들어 파는 사기꾼들이 판을 치는가 하면 괴질에 걸린 자식을 나무에 매달아 놓고 도망치는 이들까지 있다 하오. 참으로 끔찍하고 비참한 일이 아니오?"

이인구는 말없이 고개만 끄덕였다. 사또의 의중을 좀처럼 헤아릴 수 없었기 때문이다. 사또는 못마땅한 얼굴로 중얼거렸다.

"이게 다 황 부자란 작자 때문이지만, 아무튼."

사또가 말을 이었다.

"한양에서는 도성 밖에 활인서(活人署)를 두고 돌림병 환자들을 격리 수용해서 치료와 구휼에 힘쓰고 있지 않소. 하지만 지방에는 그런 일을 맡아 하는 기관이 변변하게 없는 형편이니, 수령으로서 내 얼마나 답답하고 한심한 노릇이겠소?"

사또가 대답을 채근하는 듯하여 이인구는 할 수 없이 또 고개를 주억거렸다. 사또의 눈이 매처럼 번뜩였다.

"그래서 내가 심약을 보자고 한 것이오."

이인구는 어리둥절해서 사또를 멀뚱멀뚱 쳐다보기만 했다. 사또가 답답하다는 듯 서안(書案)을 내리쳤다.

"내 뜻을 정녕 모르겠소? 우리 정주 땅에도 백성들을 위해 한양의 활인서 같은 구료소(求療所)를 세워 보자 이 말이오."

"예? 구료소요?"

"그렇소. 괴질에 걸린 백성들을 구휼하고 치료하는 기관을 말하는 거요. 나라에는 재해를 입은 백성들에게 나누어 주는 진휼곡이라는 게 있지 않소? 정주의 구료소에서도 굶주리고 병마에 시달리는 백성들에게 필요한 곡식은 물론 약재도 나누어 주고, 병세가 심한 환자들은 격리해서 치료받을 수 있도록 해 줄 것이오. 내가 직접 관찰사께 이곳의 심각한 상황을 말씀드리고 구료소를 세울 수 있도록 지원해 주십사 요청할 생각이오."

"아, 정말로 좋은 생각입니다. 그런데 나리, 저는 왜 부르셨는지……?"

사또가 이인구를 힐끔 보며 대답했다.

"구료소를 세운다면 그곳을 맡아 운영할 의원이 필요하지 않겠소?"

이인구는 불에 덴 듯 화들짝 놀랐다.

"예? 하지만 의원이라면 이곳에도 있지 않습니까?"

사또가 혀를 끌끌 찼다.

"고작 시골 의원 나부랭이들을 데리고 어찌 큰일을 도모할 수 있겠소. 의학 지식도 한양에서 공부하고 온 심약을 따라가지 못할 것이 분명하고. 심약이 본래 한양에서 파견된 이유가 무엇이오? 지방 의원들에게 한양의 앞선 의학 지식을 가르치고 전하기 위함이 아니겠소. 그러니 구료소가 자리를 잡을 때까지 심약이 책임지고 운영하게 해 달라고 하면 관찰사께서도 반대하지 않으실 거요."

이인구는 입이 바싹바싹 마르고 속이 타들어 갔다. 하지만 사또 앞에서 안 된다고 할 수도 없는 노릇이었다.

'아이고, 내 팔자야! 평안도 발령도 모자라 구료소라니. 괴질 환자로 득실거리는 곳에서 어찌 살아남는단 말인가.'

이인구는 한양으로 돌아가는 날까지 남은 일 년하고도 넉 달이라는 시간이 갑자기 옥토끼가 산다는 달나라만큼이나 아득하게 느껴졌다.

굿

"또 마셔야 해? 너무 쓰단 말이야."

동이가 창백한 얼굴로 힘없이 말했다.

"그래도 마셔야 해. 이 약 먹고 그나마 설사는 덜하게 되었잖아, 응?"

홍이의 채근에 동이는 눈을 질끈 감고 약을 꿀꺽꿀꺽 삼켰다.

"착하다, 우리 동이."

동이가 다시 자리에 누우며 말했다.

"참, 어제 갑식 할매가 그러는데 황 부자댁 작은 도련님도 괴질에 걸렸대."

"뭐?"

홍이는 울상을 하고 중얼거렸다.

"하나 남은 아드님마저……. 마님 불쌍해서 어쩐담."

홍이는 이불을 덮어 주며 동이에게 말했다.

"안 되겠다. 동아, 언니 잠깐 황 부자댁에 다녀올게."

"왜?"

"약재라도 좀 갖다 드리려고. 얼른 다녀올게, 누워 있어."

홍이는 총총 집을 나섰다. 마을 사람들이 황 부잣집 대문 앞에서 죽어 버리라고 소리 지르던 모습이 떠올랐다. 마님의 마음이 얼마나 힘들까 생각하니 홍이의 발걸음이 자꾸 빨라졌다.

황 부잣집 대문과 담벼락에는 지린내와 함께 오물 자국이 남아 있었다. 흉측한 낙서도 보였다.

홍이는 굳게 닫힌 대문을 두드렸다.

"누구요?"

여종 사월이가 빼꼼 얼굴을 내밀었다.

"홍이구나. 난 또 마을 사람들이 세간살이 때려 부수러 들이닥친 줄 알고, 휴."

사월이가 한숨을 쉬며 문을 열어 주었다.

"사람늘이 또 왔었어요?"

"말도 마. 막무가내로 들이닥쳐서는 마을 사람들 다 죽여 놓고 너희만 호의호식하냐면서 곡식도 털어 가 버리고 저 지경을 만들어 났다."

마당에는 깨진 그릇 조각이며 부서진 가구가 널려 있고, 문짝이 아예 뜯겨 나간 곳도 보였다.

"세상에⋯⋯. 마님은 어디 계세요?"

사월이가 사랑방을 가리켰다.

홍이는 방문 앞으로 가 조심스럽게 조씨를 불렀다.

"마님, 저 홍이예요. 들어가도 돼요?"

천천히 문이 열렸다. 몰라보게 수척해진 조씨의 얼굴에 홍이는 흠칫 놀랐다. 조씨는 어색하게 미소를 지어 보였지만 입술이 살짝 떨렸다. 옆에는 작은아들이 누워 있었다.

홍이가 약재를 내밀었다.

"작은 도련님이 편찮으시단 얘기를 듣고 가져왔어요. 저희 동이도 이걸 먹고 설사가 좀 나아졌어요."

조씨가 멈칫하더니 쓸쓸하게 말했다.

"고맙다, 홍아. 하지만 지금 당장은 줄 돈이 없구나. 마을 사람들이 와서 눈에 보이는 대로 다 가져가 버렸단다."

"아니에요, 마님. 그동안 저희에게 늘 후하게 베풀어 주셨잖아요. 이건 그냥 드리는 것이니 받으세요. 작은 도련님 다 나으실 때까지 계속 갖다 드릴게요."

조씨의 눈이 빨개지더니 금세 눈물이 차올랐다. 옷고름으로 눈물을 닦아 내며 변명하듯 말했다.

"요즘 내가 마음이 약해진 모양이다."

홍이는 조씨의 손을 끌어다 꼭 잡아 주었다.

"기운 내세요, 마님. 작은 도련님은 꼭 쾌차하실 거예요."

"그래야지."

조씨가 잠깐 생각하는 듯하더니 말했다.

"홍아, 이리 따라와 보렴."

조씨는 영문을 모르는 홍이를 데리고 장독대가 있는 뒤란으로 갔다. 마을 사람들이 휘젓고 간 흔적인지 깨진 장독도 여럿 보였다. 조씨는 쌍개를 불러 장독대 뒤 땅을 파게 했다. 잠시 후 놀랍게도 자개로 장식된 보석함이 나왔다.

조씨가 무안해하며 말했다.

"마을 사람들이 언제 또 들이닥칠지 몰라 패물은 다 여기에 숨겨 뒀단다."

조씨는 보석함을 열고 산호 노리개를 꺼내 홍이에게 주었다.

"이 귀한 걸 왜 저에게……."

"고마워서 주는 거니 받아 두렴."

"약재 값으로 너무 과해요, 마님."

조씨가 홍이를 찬찬히 바라보며 고개를 저었다.

"약재 값이 아니다. 네 고운 마음에 대한 보답이지."

"마님……."

홍이는 가슴이 먹먹해졌다. 남편과 아들을 먼저 떠나 보내고도 죄인이 되어 버린 마님의 아픔이 절절히 전해졌다.

조씨가 애써 밝은 목소리로 말했다.

"참, 오늘 자시(밤 열한 시부터 오전 한 시 사이)에 우리 집에서 병축

원굿을 한단다. 내 자식만이 아니라 우리 마을 병자 모두의 쾌유를 비는 굿이니 너도 꼭 오렴. 마을 사람들에게 소문도 내주고."

홍이가 깨진 장독을 가리키며 물었다.

"괜찮으시겠어요?"

"설마 굿판에 와서까지 그러겠니? 식솔을 생각하는 마음은 다 같은 법인데."

홍이는 고개를 끄덕였다.

"오늘 오는 이가 한양에서도 용하기로 소문난 무당이란다."

"한양에서 여기까지 온다고요?"

조씨는 주변을 살피더니 조용히 속삭였다.

"너만 알고 있어라. 실은 사또께서 소개해 주셨단다."

"네? 사또께서요?"

홍이는 놀라지 않을 수 없었다. 여러모로 뜻밖의 일이었기 때문이다. 병을 고치기 위해 점을 치거나 굿을 하는 것은 백성들 사이에서는 흔한 일이었다. 하지만 유교를 신봉하는 조정에서는 엄격히 금지해 왔다. 그래서 벼슬을 하는 양반들은 집에 우환이 생겨도 무당을 불러 굿하는 것은 몹시 꺼렸다.

유학자이자 관리인 사또라면 누구보다 앞장서 굿을 반대해야 마땅한데 조씨에게 남몰래 무당을 보내 주다니? 게다가 사또는 하수오를 가로채려고 아버지를 모함해 죽이기까지 하지 않았던가. 그런 사또가 황 부자댁을 위해 이렇게까지 인정을 베풀었다니 홍이는 자꾸만 고개가 갸웃거려졌다.

조씨도 홍이의 생각을 눈치챈 듯 조심스럽게 말했다.

"나도 깜짝 놀랐단다. 사또께서 갑자기 쌍개를 관아로 불러들이셔서 또 무슨 일로 트집을 잡을까 싶어 마음을 졸이고 있었지. 그런데 쌍개가 돌아와서 전하는 말이, 그 집 작은아들까지 앓아누웠다는데 병굿이라도 해야 하지 않겠냐면서 사또가 용한 무당을 보내 주겠다고 했다지 뭐냐. 사실 병굿을 하고 싶어도 마을 사람들이 다 우리 집안을 손가락질하는 판이니 망설이고만 있었는데 어쩌나 감사하던지. 대신 괴질에 걸린 마을 사람들을 위해서 구료소를 지을 예정이니 그곳에 구휼곡을 내 달라고 했다기에 그러겠다고 했지."

홍이는 자신 없는 말투로 우물거렸다.

"그래요? 사또 나리가 알고 보면 그렇게까지 몰인정한 분은 아닌가 보네요."

"그런가 싶기도 하고. 아무튼 이따 꼭 오렴."

"네, 마님."

홍이는 꺼림직한 마음을 애써 털어 버리려 했다. 하지만 찜찜함이 남는 것은 어쩔 수 없었다.

동이를 재워 놓고 홍이는 캄캄한 밤길을 걸어 다시 황 부자네로 향했다. 지극정성으로 약재를 달여 먹이고 숭늉 한 숟가락이라도 더 떠 먹이려고 애를 썼지만 동이의 병세는 요지부동이었다. 설사가 가라앉나 싶더니 이번엔 열이 펄펄 올랐다. 정말 이러다가는 동이마저 잃을지도 모른다는 생각에 홍이는 식은땀이 흘렀다. 죄 없는 아버지를 죽인 원수가 보낸 무당이라 해도 상관없었다. 그렇게 용한 무당이라니 어떻게든 동이를 살려 달라고 매달려 빌고 싶었다. 홍이의 발걸음이 바빠졌다.

둥둥거리는 북소리와 요란한 징이며 꽹과리 소리가 멀리서도 들렸다. 황 부잣집 마당은 굿을 보러 온 사람들로 발 디딜 틈이 없었다. 작은아들도 툇마루에 나와 있었다. 안색이 창백하긴 해도 꼿꼿이 앉아 있는 모습을 보니 병세가 심각하지는 않은 듯해 홍이는 마음이 놓였다.

굿청 앞에 놓인 제상에는 메(밥)와 술, 과일, 포, 탕에 떡은 물론 돼지머리까지 올라와 있었다. 마당을 둘러싸고 앉은 화랭이(악사)들은 신명 나게 북과 징, 꽹과리를 연주하고, 마당 한가운데에는 쇠스랑과 검을 몸에 두른 무당이 파랑, 빨강, 노랑, 검정, 흰색 깃발을 손에 들고 오방기 춤을 추고 있었다.

무당이 깃발을 치켜들자 화랭이들이 연주를 멈추었다. 무당은 살기 어린 눈을 치켜뜨고 마당을 가득 메운 사람들을 찬찬히 둘러보더니 공수를 시작했다.

"오냐! 팔도에 명산에 산천에 내 고할 새, 평안도 운산에서 온 금광 신령, 괴질 신령 아니시리."

무당의 매서운 눈이 조씨를 찾아 번개처럼 꽂혔다.

"운산에서 금광 하는 황 부자, 네 이놈! 네 놈 욕심 때문에 죽은 귀신들이 구천을 떠돈다. 돌 맞아 죽은 놈, 떨어져 죽은 놈, 굶어 죽은 놈, 앓다 죽은 놈, 광산 무너져 깔려 죽은 수많은 놈이 억울하고 원통해서 죽어서도 저승으로 가질 못한다. 이 원한을 어이할꼬, 어이할꼬."

조씨가 연신 두 손을 모아 빌며 허리를 숙였다. 무당의 입에서 신들린 공수가 계속 흘러나왔다.

"그냥은 못 간다. 억울하고 원통해서 그냥은 못 간다. 괴질 귀신 되어 이 마을 사람들 다 데리고 가야겠다!"

"어이구, 저런!"

"어매, 어매! 이를 어째!"

사람들의 비명과 탄식이 잇달아 흘러나왔다. 그 자리에 주저앉아 땅을 치며 우는 이들도 있었다. 조씨는 그저 머리를 조아린 채 빌고 또 빌 뿐이었다.

"금 같은 금광 신령님, 은 같은 괴질 신령님, 작은 내 정성이나마 태산같이 받으시오. 이 정성 받으시고 우리 정주 땅에서는 영영 물러가 주시오."

다시 화랭이들의 연주가 시작되고, 무당은 붉은 술로 장식한 붉은색 나무판 위에 올라선 채 펄쩍펄쩍 뛰면서 춤을 추었다.

"정성이 부족하구나, 정성이!"

무당이 소리치자 무당패 가운데 한 사람이 조씨에게 다가가 귓속말을 했다. 조씨가 잠시 자리를 비우더니 곧 품에 비단 보자기를 안고 돌아왔다. 조씨는 보자기를 풀어 갖가지 패물과 진귀한 보석을 제상 위에 올리고는 허리를 깊이 숙여 절을 했다.

기다렸다는 듯 북소리와 꽹과리 소리가 귀청을 찢을 듯이 높아졌다. 무당의 춤도 점점 더 빨라졌다. 무당은 괴이한 소리를 질러 대면서 검을 휘둘러 귀신을 방구석으로 몰아내는 시늉을 했다. 무당패가 달려들어 몽둥이를 허공에 휘둘러 댔다. 그러더니 청동으로 만든 함에 귀신을 잡아넣고 뚜껑을 닫았다. 무당이 오색 깃발로 마당 한구석을 가리키자 무당패가 땅을 파고 함을 묻었다. 그것으로 의식은 끝나고, 굿판도 금세 정리되었다. 사람들은 이내 썰물처럼 빠져나갔다.

홍이는 제상 정리하는 것을 도우며 주변을 살폈다. 아까 마님이 제상에 바친 패물과 보석을 생각하면 기가 죽었지만 다행히 품속에는 낮에 마님이 주신 노리개가 있었다. 동이가 다 나으면 선물로 주고 싶었지만 어쩔 수 없었다.

홍이는 방에 들어갔던 무당이 옷을 갈아입고 나오자 쪼르르 달려갔다. 노리개를 내밀며 고개를 숙였다.

"제 동생이 많이 아픕니다. 괴질신 물리치는 부적 하나만 써 주십시오."

무당은 홍이를 위아래로 훑어보더니 코웃음을 쳤다.

"썩 물러가라."

"지금은 가진 게 이것밖에 없지만 은혜는 꼭 갚겠습니다. 네?"

홍이는 노리개를 무당의 손에 쥐어 주며 사정했다. 무당은 홍이를 무서운 눈으로 노려보더니 노리개를 던져 버렸다.

"이까짓 걸 가지고 부적을 바라? 감히 내가 누군 줄 알고 이러느냐!"

"필요하시다면 제 머리카락이라도 잘라 바치겠습니다. 제발 제 동생 목숨 구할 부적 하나만 써 주세요."

홍이가 두 손을 모아 싹싹 빌었지만 무당은 차가운 목소리로 비아냥거렸다.

"황 부자네서 복채로 뭘 바치는지 못 보았느냐? 정성을 다해서 신령님을 감복시켜도 부족할 판에 머리카락? 너처럼 뻔뻔한 것은 신령님이 노하셔서 혼쭐을 내줄 것이다! 네가 이러고도 네 동생이 살아날 수 있을 것 같으냐?"

무당은 흙바람을 일으키며 쌩하니 가 버렸다. 얼굴이 새하얗게 질려 버린 홍이는 다리에 힘이 풀려 풀썩 주저앉고 말았다. 내 생각이 짧아 정말로 동이가 잘못되면 어쩌지. 홍이는 두려움에 몸이 벌벌 떨렸다.

"재물에 눈먼 저따위 무녀 말, 귀담아들을 것 없다. 정성은 돈으로 매기는 게 아니다."

홍이는 놀라 뒤를 돌아보았다. 검불 아재가 숯을 잔뜩 짊어지고 서 있었다.

"병자를 염려하고 위하는 마음, 그게 정성이지."

홍이의 뺨 위로 눈물이 툭, 하고 떨어졌다. 검불 아재의 뒷모습이 사라질 때까지 홍이는 훌쩍이며 그 자리에 주저앉아 있었다.

쥐새끼

정주 읍성 밖 후미진 곳에 '활인소(活人所)' 간판을 단 구료소가 문을 열었다. '활인'이란 사람을 구하여 살린다는 뜻으로, 한양에 있는 활인서에서 따온 이름이다. 괴질의 공포에 내던져진 정주 땅의 백성들은 활인소가 생겼다는 소식에 쌍수를 들어 환영했다.

"활인소인지 뭔지 거기 가면 괴질에 걸린 이들을 공짜로 치료해 준다는데 그게 정말이오?"

"그뿐인 줄 아시오? 약도 주고 쌀까지 준답디다. 이런 구료소는 원래 한양에만 있는 건데, 사또가 우리 고을 백성들을 위해 특별히 만든 거라지 뭐요."

"지체 높은 양반네들은 저희만 살겠다고 산으로 절로 피난 가 버리고, 괴질이 창궐하는 마을에서 죽는 날만 기다리고 있었는데, 그래도 백성들 생각해 주는 분은 사또 나리뿐이네."

그동안 자자하던 사또에 대한 원망의 소리는 활인소가 세워지면서 순식간에 자취를 감추었다. 하지만 정작 활인소의 운영을 맡은 이인구는 불만이 이만저만이 아니었다. 그도 그럴 것이 급하게 지은 탓에 활인소의 시설은 초라하기 이를 데 없었다. 짚으로 지붕을 얽어 만든 초막 한 채에 병자들을 격리 수용하기 위한 조그만 움막 몇 채가 전부였다.

이인구는 입이 부루퉁해서는 중얼거렸다.

"활인소를 짓겠다고 평안 감사한테 지원받은 자금이 적지 않은 것으로 알고 있는데. 그 돈이면 번듯한 기와집도 지을 수 있을 텐데……."

염 의원이 콧구멍을 후비며 알은체했다.

"급히 짓느라 그랬나 보지요. 솔직히 기와집 지을 돈 아껴 약재며 곡식을 더 넉넉히 마련해 두면 우리도 좋지요."

옆에 있던 공 의원도 고개를 끄덕이며 맞장구를 쳤다.

"우리가 좋다니 그게 무슨 말이오?"

이인구가 의아해하며 묻자 염 의원이 넉살을 떨며 대답했다.

"아, 왜 이러십니까. 다 아실 만한 양반이."

"정말 몰라서 그러오. 대체 무슨 뜻이오?"

공 의원은 염 의원과 눈짓을 주고받더니 은근한 목소리로 설명했다.

"이제 한배를 탔으니 터놓고 말하지요. 솔직히 심약 나리나 우리 같은 의원이 괴질 환자들만 득실거리는 이곳에 무얼 바라고 왔겠습니까? 운이 나쁘면 괴질에 걸려 목숨을 잃을 수도 있는데, 그런 위험을 감수하면서까지 왔다면 마땅히 그만큼의 대가가 있어야 하지 않겠습니까?"

"대가라면, 우리는 나라에서 녹봉을 받질 않소?"

"하!"

이인구의 말에 두 의원은 동시에 코웃음을 쳤다.

"입에 풀칠하기도 힘든 그까짓 녹봉이 무슨 소용입니까?"

이인구는 더욱더 모르겠다는 표정으로 되물었다.

"녹봉이 아니라면 무슨 대가를……?"

염 의원이 답답하다는 듯 말했다.

"아까 이야기하지 않았습니까. 약재와 곡식이 많으면 많을수록 좋다고!"

"뭐, 뭐요? 설마 병자들에게 나누어 줄 약재와 곡식을 착복이라도 하겠단 말이오?"

염 의원은 주위를 둘러보며 버럭 소리쳤다.

"착복이라니! 말씀이 지나칩니다!"

"그게 착복이 아니면 뭐란 말이오?"

"우리는 목숨을 내놓고 여기 온 겁니다. 그만한 대가는 받아야지요."

이인구는 두 사람의 뻔뻔스러움에 기가 막혔다.

이런 사정도 모른 채 괴질에 걸린 병자들은 활인소로 밀려들었다. 제 발로 걸어오는 사람도 있었지만, 사경을 헤매며 들것에 실려 오는 이들이 많았다.

"제발 살려 주십시오, 나리. 저희가 매달릴 데라고는 오직 여기뿐입니다."

병자와 보호자 들은 이인구에게 간절히 애원했지만 이인구는 애꿎은 수염이나 쓸며 지켜볼 수밖에 없었다. 평안 감사가 보낸 그 많은 지원금은 어디로 갔는지 활인소로 들어오는 약재인 소합원과 성산자를 비롯해 병자들을 먹일 구휼미가 터무니없이 부족했다. 게다가 의원이란 작자들은 병자를 위해 쓰기에도 부족한 물품을 앞다투어 빼돌리기 바빴으니 사정은 갈수록 더 나빠지기만 했다. 결국 이인구가 할 수 있는 일은 병자를 한데 모아 죽을 때까지 기다리는 것뿐이었다. 활인소의 움막은 신음하며 죽어 가는 이들과 이미 죽은 이들이 뒤섞여 마치 지옥도의 한 장면을 보는 것 같았다.

"심약 나리, 사또께서 오셨습니다."

심부름꾼의 전갈에 이인구는 버선발로 달려 나갔다. 사또는 활인소를 여는 일이 한시가 급하다며 채근을 하더니 정작 활인소가 운영을 시작하고는 코빼기도 비추지 않았던 터였다.

사또는 뒷짐을 지고 초막 마루에 올라앉아 있었다.

"심약, 참으로 노고가 많소. 내 그동안 관아 일로 분주해 이제야 와 보게 되었소."

이인구는 사또가 활인소의 실정을 직접 보면 뭔가 대책을 마련해 주리라 기대했다. 하지만 사또는 움막의 참담한 모습을 보고도 무덤덤한 표정이었다. 이인구는 사또의 태도가 어쩐지 께름칙했지만 예의를 갖추어 말했다.

"사또, 이리 발걸음해 주시니 참으로 감사합니다. 보시다시피 지금 활인소는 몹시도 어려운 상황입니다. 괴질 치료약인 소합원과 성산자도 절대적으로 부족한 데다 곡식까지 모자라 병자들에게 죽조차 제대로 먹이지 못하고 있습니다. 병자들은 이대로 앓다가 죽기만을 기다리고 있으니 차마 눈을 뜨고 볼 수 없는 지경입니다."

"아, 그렇소?"

이인구는 제 귀를 의심했다. 아, 그렇소? 그뿐이란 말인가? 백성들을 구휼하기 위해 구료소를 열어야 한다고 목청을 높일 때는 언제고, 이제는 마치 볼 장 다 봤다는 듯한 태도가 아닌가.

이인구가 할 말을 잃은 채 쳐다보고 있는데, 사또는 별일 아니란 듯 대수롭지 않게 말했다.

"첫술에 배부를 수 있겠소? 차차 나아지겠지요."

"그래도 평안도 감영에서 적지 않은 지원금이 내려온 것으로 아는데……."

"어허, 심약!"

사또가 이인구의 말을 자르며 버럭 화를 냈다. 이인구는 깜짝 놀라 입을 다물었다.

"심약이 맡은 일이 무엇이오? 이곳 의원들에게 한양의 선진적인 의학 지식과 기술을 가르쳐서 병자들을 성심성의껏 치료하도록 하는 일 아니겠소? 지금 그 일을 제대로 잘하고 있다고 생각하시오?"

이인구는 당황하여 그만 꿀 먹은 벙어리가 되고 말았다.

"의원들이 최선을 다하고 있다면 병자들이 저렇게 죽어 나가겠소? 약재가 부족하다, 곡식이 없다 불평불만 늘어놓을 시간에 병자들에게 정성을 다하란 말이오, 정성을!"

"저, 그게 실은 의원들도 문제입니다. 저마다 약재와 구휼미를 사사로이 빼돌리는 눈치입니다."

"참으로 답답한지고."

사또가 혀를 끌끌 찼다. 이인구는 죄지은 것처럼 잔뜩 움츠러들었다.

"그것을 그냥 두고 보았단 말이오?"

"그, 그게……. 못 하게 하면 아무도 이곳에 남아 있지 않을 게 뻔해서."

"어허, 듣자 하니 심약 당신도 한패로군. 내가 이 사실을 평안 감사께 보고를 드려도 좋겠소?"

이인구는 놀라 펄쩍 뛰었다.

"아닙니다! 맹세코 소인은 그런 일이 없습니다! 제발 믿어 주십시오."

"정녕 그렇다면……."

사또의 입꼬리가 비죽 올라갔다.

"이번에 활인소에 내려온 성산자와 소합원, 그리고 구휼미 삼백 인분을 관아로 보내시오. 그러면 심약의 결백을 믿어 주리다."

이인구는 입이 떡 벌어졌다.

"삼백 인분이나요? 가뜩이나 물자가 부족한 형편에 그 많은 것을 어떻게……?"

"심약 입으로 직접 말하지 않았소? 의원들이 사사로이 챙기는 것만 막아도 충분히 마련할 수 있을 것 아니오?"

"활인소에 필요한 물품으로 대체 뭘 하시려고……?"

"어허, 심약! 괴질 병자들이 활인소에만 있다고 생각하시오? 이곳에 오지 못하는 병자들도 모두 내 백성이오. 그들도 구휼하려면 관아에도 약재와 곡식이 필요하지 않겠소."

이인구는 속으로 혀를 내둘렀다. 사또의 시커먼 속을 이제야 알 것 같았다. 백성을 위한답시고 활인소를 차려서는 막대한 지원금을 꿀꺽하고, 그것으로도 모자라 약재와 구휼미까지 빼돌리려는 속셈이 분명했다.

사또가 살살 달래듯 말했다.

"부족한 물자는 걱정하지 마시오. 이제 곧 활인소에 엄청난 재산이 굴러 들어올 테니."

"엄청난 재산이라니요?"

"그런 게 있소. 날 믿고 따르기만 하면 심약도 손해는 보지 않을 거요."

사또는 옷소매를 떨치며 일어섰다.

"기한은 이달 보름까지요. 더 기다려 주지는 않을 테니 서두르는 게 좋을 거요."

이인구는 이를 뿌득뿌득 갈았다.

'쥐새끼 같은 놈. 칼만 들지 않았지, 완전히 날강도가 아닌가. 횡령은 제 놈이 저지르면서 되레 나한테 덮어씌운다고 겁박을 해?'

이인구는 덫에 걸린 기분이었다. 하지만 어쩔 도리가 없었다. 이인구는 공 의원과 염 의원을 불렀다.

"활인소의 구호 물품을 착복하는 것을 내 더는 두고 보지 않을 것이오."

두 의원은 미련 없이 활인소를 떠났다. 이인구는 그들을 잡을 수 없었다. 두 사람의 빈자리는 컸다. 활인소는 날마다 한 걸음씩 죽음의 늪으로 빨려 들어갔다.

이인구는 관아로 보낼 구휼미와 약재를 차곡차곡 쌓아 올리다가 꾸러미를 바닥에 내동댕이쳐 버렸다. 울화통이 터져 참을 수가 없었다.

잠시 후, 그는 무언가 떠오른 듯 바삐 일어나 붓을 들고 나왔다. 그러고는 꾸러미의 구석마다 글자를 써 넣었다.

서(鼠).

'쥐새끼'를 뜻하는 글자였다.

이인구의 얼굴에는 만족스러운 미소가 슬그머니 떠올랐다.

독살

동이는 밤새 열이 펄펄 끓어오르다가 동이 트고 나서야 겨우 잠이 들었다. 곁에서 내내 동이를 간호한 홍이는 근심이 가득한 얼굴로 약탕관 앞에 쪼그리고 앉아 부채질을 했다.

'너처럼 뻔뻔한 것은 신령님이 노하셔서 혼쭐을 내줄 것이다! 네가 이러고도 네 동생이 살아날 수 있을 것 같으냐?'

무당의 독기 어린 목소리가 귀청을 때렸다.

홍이는 세차게 도리질을 했다.

'아니야. 검불 아재 말씀이 맞아. 정성은 돈으로 매기는 게 아니랬어.'

홍이는 마음을 다잡고 부채질을 계속했다. 그때 사립문 밖으로 빨래하러 가는 아낙들의 떠드는 소리가 들렸다.

"한양에서 용하기로 유명한 무당이라더니 그도 소용없구먼."

"그게 아니라 사필, 뭐라더라? 사필구……정?"

"사필귀정 말인가?"

"아, 맞아요. 없이 살아도 역시 양반댁 마님은 다르시네요."

돌쇠 어멈이 김 생원의 처를 치켜세우며 까르르 웃었다. 갓난 아이를 업은 아낙이 물었다.

"그게 무슨 뜻인데요?"

"모든 일은 반드시 바른길로 돌아간다는 뜻일세."

"그런데 그게 황 부자네 작은아들이 죽은 거랑 무슨 상관이래요?"

홍이는 깜짝 놀라 부채를 냅다 던져 놓고 사립문 밖으로 뛰어나갔다.

"지금 뭐라 하셨어요? 누가 죽었다고요?"

돌쇠 어멈이 홍이를 위아래로 훑어보더니 툭 내뱉었다.

"황 부자네 작은아들이 저세상으로 갔다고."

"네? 아니, 왜?"

"왜긴 왜야! 괴질 걸려 시름시름 앓더니 뒈진 거지."

"어제 툇마루에 나와 앉아 계신 걸 봤는데, 상태가 그리 나빠 보이지는 않았어요. 게다가 그 댁 마님이 정성껏 치성을 올렸는데……."

홍이가 우물거리자 돌쇠 어멈이 표독스럽게 쏘아붙였다.

"그러니까 사필귀정이라는 거지!"

모두의 시선이 돌쇠 어멈에게 쏠렸다. 돌쇠 어멈은 자신만만하게 나섰다.

"한양에서 온 그 무당이 뭐라고 했어? 황 부자의 욕심 때문에 죽은 귀신들이 괴질을 몰고 온 거라고 했지? 황 부자네는 죗값을 치른 거야. 그러니 사필귀정이라고."

갓난아이를 업은 아낙이 고개를 끄덕이자 돌쇠 어멈은 더욱 의기양양해서 말했다.

"보라고! 그 집 남정네들을 싹 다 제물로 바쳤으니 이제 우리 마을에서 괴질이 싹 물러갈 테니까."

"듣고 보니 자네 말이 영 틀리지는 않은 것 같군."

김 생원의 처도 맞장구를 쳤다. 그러나 홍이 마음에는 의심의 구름이 뭉게뭉게 피어올랐다.

'이상해. 사또가 보내 주었다는 무당도 수상하고, 멀쩡히 툇마루에 나와 앉아 있던 도련님이 갑자기 죽어 버렸다는 것도 너무 이상해.'

홍이는 화로에 올려 둔 약탕관도 잊은 채 그대로 황 부자네로 내달았다.

하인들과 몇몇 마을 사람들이 황 부자네 마당에 모여 수군거리고 있었다. 홍이는 황 부자의 작은아들이 머물던 사랑 쪽으로 조심스럽게 다가갔다. 반쯤 열린 방문을 통해 작은아들의 시신이 보였다. 얼굴과 손발은 모두 시꺼멓고 입가에는 마른 핏자국이 보였다. 섬뜩한 모습에 홍이는 얼른 고개를 돌렸다. 시신 옆에는 조씨가 넋을 놓고 앉아 있었다. 마른 지푸라기처럼 몸에서 기운이란 기운은 모조리 빠져나간 모습이었다. 홍이는 차마 더는 다가가지 못하고 마음만 졸였다.

그때 구경꾼들 틈에서 완이 불쑥 나섰다.

"실례인 줄 알지만 소인이 시신을 잠시 봐도 되겠습니까?"

조씨가 힘없이 고개를 들었다.

"누구길래 그러느냐?"

"관아에서 나왔습니다. 의아한 점이 있어 그러하니 허락해 주십시오."

조씨가 잠시 망설이다가 고개를 끄덕였다. 완은 방 안으로 들어가 시신을 샅샅이 살폈다.

"독살입니다."

완의 말에 조씨의 얼굴이 파랗게 질렸다. 방문 앞에 쪼그리고 앉아 있던 홍이 귀가 번쩍 뜨였다.

하인들이 웅성거리는 속에서 쌍개가 대뜸 나섰다.

"그게 무슨 해괴망측한 소리냐! 작은 도련님이 괴질에 걸려 지난 며칠 동안 구토와 설사가 멈추지 않았던 걸 모르는 이가 없는데."

마당에 있던 마을 사람들도 수군거렸다.

"지금 온 마을에 돌림병이 퍼져 사람들이 줄줄이 죽어 나가는 판에 대체 무슨 소리람."

"황 부자가 마을에 괴질을 끌고 온 죗값을 치르느라 집안의 대가 끊기게 된 거지. 그런데 난데없이 독살이라니?"

조씨가 눈을 하얗게 뜨고 완을 노려보았다.

"누가 내 아들을 독을 먹여 죽였다는 것이냐? 무엇을 근거로 그따위 소리를 지껄이는 게냐?"

"시신을 보면 맞아서 멍든 상처처럼 군데군데 퍼런 빛을 띤 데다 배가 불룩하고 손톱과 발톱이 검게 변했습니다. 독살당한 시신의 전형적인 모습이지요. 소인은 관아에서 오작인이 시신을 검안할 때 곁에서 지켜본 적이 여러 번 있어 알고 있습니다."

조씨가 의심의 눈길을 거두지 않자 완이 단호하게 말했다.

"믿지 못하시겠다면 직접 보여 드리겠습니다."

완은 조씨에게 은비녀를 가져다 달라고 청했다. 조씨가 눈짓하자 여종이 한달음에 은비녀를 가져왔다. 완이 은비녀를 시신의 목구멍 깊숙이 넣었다가 꺼냈다. 은비녀는 까맣게 변해 있었다.

"이것이 시신의 입안과 목구멍 안쪽에 독극물이 남아 있다는 증거입니다."

홍이는 남몰래 무릎을 쳤다. 쌍개의 말대로 황 부자네 작은아들은 괴질에 걸려 구토와 설사에 시달렸다고 했다. 그런데 며칠 사이에 많이 회복한 건지 어젯밤에는 분명 툇마루에 나와 굿을 하는 내내 꼿꼿이 앉아 있었다. 홍이는 그 모습을 두 눈으로 똑

똑히 보았다. 이제 살아났구나, 하며 가슴을 쓸어내렸는데 채 하루도 지나지 않아 괴질로 죽어 버렸다니 홍이는 도무지 믿을 수 없던 터였다. 그렇지만 독살된 것이 틀림없다면 대체 누가, 왜 그런 짓을 저질렀단 말인가.

황 부자가 마을에 괴질을 끌고 왔다는 소문이 돌면서 온 마을 사람들이 황 부자네를 원망하고 있기는 했다. 괴질로 피붙이를 잃은 사람들은 특히 심했다. 개중에는 도를 넘는 경우도 있어 황 부자네 대문에 오물을 던지는가 하면 저주의 말을 퍼붓기도 하고 애먼 여종의 머리끄덩이를 잡기도 했다. 그렇다고 겨우 살아나려는 사람에게 독을 먹여 죽이기까지 하다니, 홍이는 팔다리에 오스스 소름이 돋았다.

완이 조씨에게 물었다.

"도련님이 마지막으로 드신 것이 무엇입니까?"

조씨의 눈길이 시신의 머리맡에 놓인 사기그릇으로 향했다. 조씨는 천천히 사기그릇을 집어 들었다. 손이 덜덜 떨려 그릇에 담긴 숯가루 물이 찰랑거렸다. 조씨의 얼굴이 일그러지더니 피맺힌 소리를 토해냈다.

"누, 누가…… 서방 잃고 큰아들마저 앞세운 내게 이토록 모진 짓을 한단 말이냐. 우리 집안의 죄가 아무리 크고 무겁다 한들 그동안 당한 것으로도 부족하단 말이더냐."

조씨는 그 자리에서 머리를 풀어 헤치고 엎드렸다. 뼈만 앙상하게 남은 등이 들썩였다. 하나 남은 자식마저 잃은 어미의 통곡은 차마 소리가 되어 나오지 못하고 가슴속에서 울려 퍼지는 모양이었다. 조씨는 가슴을 부여잡은 채 꺽꺽 쇳소리만 뱉어냈다. 황 부자네 대문에 돌을 던지며 작은아들까지 죽어 나가는 모습을 기어이 구경하겠다고 몰려든 이들도 조씨의 모습에 숙연해졌다.

"이놈의 집구석 그예 대가 끊기고 마는구먼. 그것참, 잘 되었다!"

누군가의 말이 홍이의 가슴에 불을 질렀다.

"꼭 그렇게 말해야 속이 시원합니까?"

홍이는 발딱 일어나 그동안 참고 참았던 말을 쏟아 냈다.

"황 부자 어른이 일부러 우리 마을에 괴질을 몰고 왔겠어요? 정말 너무들 하십니다!"

조씨가 폭풍우처럼 울음을 쏟아 냈다. 마을 사람들은 못마땅한 얼굴로 하나둘 자리를 떴다. 완만 남아 복잡한 표정으로 홍이를 지켜보았다.

범인

범인은 곧 밝혀졌다. 다름 아닌 숯쟁이, 검불 아재였다. 검불 아재는 지난밤 숯을 팔러 황 부자네 집에 들렀다가 값비싼 보석을 보고 훔치려 했다. 하지만 작은아들에게 들켜 버렸고, 자신의 죄를 감추기 위해 작은아들을 살해한 것이었다. 산속에 있는 숯막에서 조씨의 패물까지 발견되었으니 발뺌을 해도 소용없었다. 소문은 바람처럼 퍼져 나갔다.

황 부자네 노비들과 마을 사람들은 저마다 입방아를 찧어 댔다.

"도련님이 숯가루를 물에 타 먹고 한결 좋아져서 마님이 숯을 더 가져오라고 급히 부탁한 건데, 숯쟁이가 이런 끔찍한 일을 저지를 줄이야."

"그 흉악한 놈이 언제고 사고 칠 줄 알았네. 주인집 식솔을 모조리 때려죽이고 도망친 노비라 하지 않던가."

"그러게 진작 마을에서 쫓아냈어야 했는데!"

"그동안 그놈이랑 한마을에서 지낸 걸 생각하면. 아이고, 소름이야!"

홍이는 못내 찜찜했다. 검불 아재가 비가 쏟아지는 밤에 다친 아버지를 업고 집까지 데려다준 일이며, 진흙탕에 빠진 자신에게 손을 내밀어 준 일, 그리고 무당의 모진 말에 상처받았을 때 위로해 준 일이 차례로 떠올랐다.

홍이는 단호하게 고개를 저었다. 검불 아재는 그런 짓을 저지를 사람이 아니다. 그렇다면 아재의 숯막에서 나온 건 뭐지? 그 보석들은 마님의 패물이 틀림없다고 했다. 증거까지 나온 마당에 어떻게 아재가 범인이 아니라는 걸 증명한단 말인가.

검불 아재는 벌써 관졸들에게 붙잡혀 관아로 끌려갔다고 했다. 홍이는 답답한 마음에 관아 앞을 기웃거렸다. 그때 누군가 홍이의 어깨를 툭 쳤다. 홍이는 소스라쳐 뒤를 돌아보았다. 완이 씩 웃으며 서 있었다.

"여기서 뭐 하니?"

"아, 그냥……."

홍이는 얼버무리다가 문득 완이 독살을 밝혀낸 일이 떠올랐다. 어쩌면 완이 검불 아재의 누명을 벗기는 일도 도와줄 수 있지 않을까? 물론 검불 아재가 진짜 범인이 아니라면 말이다. 하지만 홍이도 확신할 수는 없었다. 그저 그렇게 믿고 싶을 뿐이었다.

홍이가 조심스럽게 말했다.

"내 생각에는 검불 아재가 누명을 쓴 것 같아."

"검불 아재? 그 숯쟁이 말이야?"

"응."

"맞아, 내 생각도 그래."

완은 숨 쉴 새도 없이 곧바로 대꾸했다. 홍이는 깜짝 놀라 눈이 휘둥그레졌다.

"어째서? 왜 그렇게 생각하는 거야?"

"시신 머리맡에 놓여 있던 그 숯가루 탄 물 말이야. 숯쟁이가 그 물에 독을 탄 거라고 하더라고. 그런데 그걸 내가 개한테 먹여 보았더니 멀쩡하더라고. 그러니 숯가루 탄 물에는 독이 없었다는 거지."

"오, 정말 대단해!"

홍이는 감탄하다가 금세 다시 심각해졌다.

"그럼 누가 어디에 독을 풀었을까? 그리고 검불 아재 숯막에서 마님의 패물이 발견된 건?"

"그건 지금부터 알아봐야지."

완이 홍이 눈치를 살피며 슬쩍 물었다.

"어때, 같이할 테야?"

"물론이지!"

홍이가 씩씩하게 대답했다. 순간 완은 제 마음이 바람을 탄 연처럼 두둥실 떠오르는 것을 느꼈다.

완은 당황해 성큼성큼 앞서 걷기 시작했다.

"어디 가는 거야?"

홍이가 뒤쫓아 가며 물었다. 완은 뒤도 돌아보지 않고 대답했다.

"진짜 범인 찾으러!"

두 사람이 도착한 곳은 황 부잣집이었다.

완이 홍이에게 속삭였다.

"먼저 탐문 조사부터 시작해 보자고."

둘은 집안 이곳저곳을 기웃거렸다. 부엌 앞을 지나는데 여종 둘이 아궁이에 불을 때며 수다를 떨고 있었다.

"쌍개 어멈은 아들 잘 둔 덕에 호강하네. 부럽다, 부러워."

"같은 노비 팔자라도 아들 없는 이는 서러워 못 살겠네. 김 참판댁 막심 할멈은 괴질 걸렸다고 거적에 싸서 버려졌잖우."

"아들이라고 다 그렇게 하나? 쌍개 놈 재주가 용한 거지. 노비 주제에 언제 그런 돈을 모았대?"

홍이와 완은 눈짓을 교환하고 슬쩍 부엌으로 들어섰다. 홍이가 웃으며 말을 건넸다.

"무슨 재미난 얘기들을 그리하셔요?"

사월이가 힐끔 보더니 알은체했다.

"홍이 왔구나. 쌍개가 괴질 걸린 제 어머니 모신다고 집을 사서 나갔단다."

"아, 그래요? 정말 효자네요."

"그러게나 말이다. 나는 언제나 솔거 노비 신세를 면해 보나."

여종들의 신세 한탄이 두런두런 이어졌다.

완이 눈짓하자 홍이가 사월에게 물었다.

"작은 도련님이 마지막으로 드신 게 뭔지 기억나세요?"

"갑자기 그건 왜?"

"그냥 좀 알아볼 게 있어서요."

사월은 잠시 생각하다가 대답했다.

"상태가 많이 좋아져서 죽을 한 그릇 다 비우셨어. 잠자리에 들기 전에는 갑자기 감주가 드시고 싶다 해서 한 사발 내드렸고."

"감주를 드렸다고요?"

"응. 평소에 별로 좋아하지도 않던 걸 난데없이 왜 찾으시나 했는데, 그게 마지막 음식이 될 줄이야."

사월은 새삼 마음이 아픈지 옷고름으로 눈물을 찍었다.

"감주는 누가 갖다 드렸어요?"

"쌍개가 와서 도련님이 감주를 찾으신다기에 내주었지. 마님이 숯가루 탄 물도 드리라 해서 그거랑 같이. 참, 그러고 보니 감주 사발을 설거지한 기억이 없네."

홍이와 완의 눈이 마주쳤다. 둘은 서둘러 부엌을 나왔다.

완이 먼저 말했다.

"감주에 독을 탄 거야."

"쌍개가 범인일까?"

"의심은 가지만 아직 확실하지는 않아. 우선 감주 사발부터 찾아보자. 집 안 어딘가에 있을 거야."

둘은 흩어져 마당 구석구석을 살펴보았다.

꺄악.

뒤란에서 홍이의 비명이 들려왔다. 완은 서둘러 달려갔다. 홍이가 하얗게 질린 얼굴로 장독대 뒤를 가리켰다. 그곳엔 쥐 여러 마리가 배를 뒤집고 죽어 있었다. 주변엔 땅을 파헤친 흔적도 보였다. 완이 땅을 파 보았더니 사기그릇 조각들이 나왔다.

"범인이 독을 탄 감주를 여기에 버리고 그릇을 깨서 묻은 거야. 쥐들이 단물을 핥아 먹고 죽은 거지."

완은 준비해 간 망태기에 사기그릇 조각과 쥐 사체를 넣었다. 그때 장독대를 바라보던 홍이가 무릎을 쳤다.

"쌍개가 범인이야, 틀림없어."

완이 홍이를 쳐다보자 장독대를 가리키며 말했다.

"마님의 패물 말이야. 얼마 전에 마을 사람들이 집을 습격한 뒤로 이 장독대 뒤에 숨겨 두었다고 했거든. 검불 아재가 패물이 여기 있다는 걸 알고 훔쳤을 리는 없어. 하지만 쌍개는 알고 있었지. 마님이 내게 노리개를 주실 때 쌍개에게 땅을 파 보석함을 꺼내라고 시키셨거든."

완이 알겠다는 듯 손가락을 튕겼다.

"쌍개가 숯쟁이를 범인으로 몰기 위해 패물을 훔쳐서 숯막에 가져다 놓았구나."

홍이는 고개를 끄덕였다. 하지만 곧 얼굴이 어두워졌다.

"그런데 쌍개가 도대체 왜 그런 짓을 한 거지?"

"먼저 쌍개를 찾아가 보자."

홍이와 완은 쌍개가 얻었다는 집을 알아내 찾아갔다. 집은 초가일망정 깔끔하고 제법 번듯했다. 집 안은 고요했다. 방 안에는 괴질을 앓고 있는 쌍개 어멈이 혼자 누워 있는지 댓돌 위에는 짚신 한 켤레만 우두커니 놓여 있었다.

집 안을 구석구석 살피던 홍이가 갑자기 헉 소리를 내며 입을 틀어막았다.

"왜 그래?"

완이 낮은 목소리로 소곤거렸다.

"저, 저거!"

홍이가 처마 끝을 가리켰다. 말린 약초가 매달려 있었다.

"각시투구꽃이야."

홍이가 떨리는 목소리로 속삭였다.

"뿌리가 독성이 강해서 사약을 만들 때 쓰는 거랬어."

완은 홍이를 데리고 쌍개의 집을 나왔다.

"일단 관아로 가야겠어. 이만하면 증거는 충분하니까 쌍개가 진범이라는 걸 입증할 수 있을 거야."

홍이가 걱정스러운 얼굴로 말했다.

"그런데 사또가 우리 말을 믿어 줄까?"

완이 한쪽 눈을 찡긋했다.

"그건 걱정하지 마. 나한테 생각이 있으니까."

홍이는 마음이 놓이지 않아 함께 가겠다고 나섰다. 하지만 완은 혼자 충분히 해낼 수 있다며 여유를 부렸다.

"넌 얼른 가서 동생이나 돌봐. 아직 많이 아프다면서."

홍이는 아차 싶어 서둘러 집으로 발길을 돌렸다. 완은 뛰어가는 홍이의 뒷모습을 한참 바라보며 서 있었다. 홍이가 한 걸음씩 멀어질 때마다 완은 마음이 이상해졌다. 배가 고플 때처럼 허전하기도 하고, 추운 날 뼈에 바람이 드는 것처럼 시리기도 했다. 완은 낯선 기분을 떨쳐 내려는 듯 휘휘 고개를 흔들었다.

완이 곧장 향한 곳은 내아의 별채였다. 완은 정학의 방문 앞에 서서 큰 소리로 말했다.

"그것참, 기이한 일이네."

방에서는 아무런 기척도 들리지 않았다. 완은 조금 더 큰 목소리로 다시 말했다.

"아무리 생각해 봐도 당최 모르겠단 말이야."

마당을 쓸던 억쇠가 참견을 했다.

"거참, 아까부터 대체 뭘 모르겠다는 건지."

완은 짐짓 심각한 표정으로 뜸을 들이다가 은근한 목소리로 말했다. 방 안에서도 충분히 들릴 만한 목소리였다.

"마을에 살인 사건이 난 걸 알고 있느냐?"

"관아가 떠들썩했는데 그걸 모를까 봐요? 이미 범인도 잡혀 왔잖아요. 그 숯쟁이 놈."

"그놈이 죄를 인정했다더냐?"

"아니요, 아주 독한 놈이라던데요. 주리를 틀리고 곤장을 수십 대 맞고도 절대로 자기가 한 짓이 아니라고 딱 잡아떼더래요."

완은 천천히 고개를 끄덕였다.

"그럴 것이다."

억쇠가 눈을 데굴데굴 굴렸다.

"그럴 것이라니요?"

"범인은 따로 있거든."

"뭐? 그게 누군데요?"

"하……."

완이 한숨을 내쉬었다.

"그걸 모르겠단 말이야."

억쇠가 침을 퉤 뱉었다.

"범인이 누군지는 모르지만 숯쟁이는 아니다, 그 말? 그런데 그건 어떻게 알았는데요?"

완은 숯가루 물을 마신 개가 멀쩡하더라는 이야기부터 시작해

슬쩍슬쩍 단서를 던지기 시작했다. 한참 신나게 이야기를 듣던 억쇠가 눈을 반짝이며 말했다.

"아하! 그럼 범인이 혹시……?"

완은 가까스로 억쇠의 입을 틀어막는 데 성공했다. 그와 동시에 드르륵 방문이 열렸다. 완은 속으로 안도의 한숨을 내쉬었다.

정학의 한쪽 입꼬리가 비죽 올라가 있었다.

"네깟 놈이 알 턱이 없지."

완은 시치미를 뚝 떼고는 물었다.

"혹시 도련님께서는 짐작 가는 사람이 있습니까?"

정학이 우쭐대며 말했다.

"그럼, 듣자마자 바로 감이 오던걸."

"대체 누가……?"

"아둔한 것! 쌍개가 아니냐. 황 부자네 종놈 말이다."

완은 놀라 뒤로 자빠지는 시늉을 했다.

"예? 그게 정말입니까?"

정학은 혀를 끌끌 차다가 갑자기 정색을 했다.

"가만, 내가 이러고 있을 때가 아니지. 어서 아버님께 말씀을 드려야겠다. 그 살인범 놈이 제집에 있는 각시투구꽃을 치워 버리기 전에 얼른 관졸을 보내라고 전해야겠다."

"저, 도련님!"

완이 사기그릇 조각과 쥐 사체가 담긴 망태기를 내밀었다.

"이것도 필요하실 겁니다."

정학은 흠흠, 헛기침을 하며 망태기를 받아들었다. 완은 머리를 조아리며 말했다.

"혹여나 사또께서 이 일에 대해 어찌 알게 되었느냐고 하시거든……."

정학은 완과 억쇠를 매섭게 노려보며 말했다.

"내가 마을에 가서 직접 알아본 것이라 할 터이니, 너희 두 놈 모두 이 일에 대해서는 입도 벙긋하지 말아야 한다. 알겠느냐?"

"예예, 물론입니다요."

완과 억쇠는 연신 굽신거렸다. 정학이 허둥지둥 나가는 뒷모습을 지켜보던 완의 입가에 슬며시 미소가 떠올랐다.

오래 지나지 않아 관졸들이 쌍개를 잡아 왔다. 쌍개는 포승줄에 꽁꽁 묶여 끌려오면서도 기세가 등등했다.

"이거 놓지 못해! 내 뒤에 어떤 분이 계신지 알면 감히 이러지 못할 텐데!"

완은 동헌 마루 밑으로 기어들어가 몸을 숨기고 기다렸다. 쌍개가 제 입으로 죄를 실토하는 모습을 보고 싶었다. 그래야 홍이에게 생생하게 전해 줄 수 있을 테니 말이다. 완은 홍이가 이야기를 들으며 눈을 반짝일 모습을 생각하니 마음이 들떴다.

그런데 이방이 황급히 나오더니 쌍개에게 뭐라고 귀엣말을 했다. 고래고래 소리 지르던 쌍개는 곧바로 조용해졌다. 이방이 관졸들에게 명령했다.

"옥에 가두어라!"

관졸 하나가 어리둥절해서 물었다.

"신문도 하지 않고 말입니까?"

이방이 못마땅한 얼굴로 대답했다.

"사또 나리는 지금 공무로 무척 바쁘시다. 내일 신문할 것이니 일단 옥에 가두라는 명이시다!"

관졸들이 갑자기 풀이 죽은 쌍개를 끌고 갔다.

완은 몹시 실망하고 말았다. 살인 사건의 진범을 밝히는 일보다 급한 공무가 무엇이란 말인가. 문제를 해결해서 홍이에게 멋지게 보이고 싶었는데. 완은 아쉬워하며 마루 밑에서 기어 나와 방으로 향했다.

다음 날 아침을 먹자마자 완은 서둘러 동헌으로 갔다. 마당에서 얼쩡거리다가 이방을 보고는 얼른 다가가 물었다.

"어제 잡혀 온 죄인은 언제쯤 신문을 할까요?"

이방은 퉁명스럽게 대꾸했다.

"그놈? 간밤에 이미 죄를 실토했다."

"네?"

완은 그 장면을 놓친 게 못내 아쉬웠다. 지금이라도 쌍개를 만나 봐야겠다는 생각이 들었다.

"그럼 지금은 옥에 갇혀 있지요?"

126

이방은 떨떠름한 표정을 짓더니 고개를 절레절레 흔들었다.

"이미 갔어."

"네? 가다니 어디로요?"

이방이 손가락을 들어 하늘을 가리켰다.

"저세상으로 갔다고. 살인죄를 저지른 데다가 그걸 애먼 사람에게 덮어씌우기까지 했으니 그 죄가 얼마나 중하냐. 참형을 당하는 게 두려웠는지 옥에서 목을 맸더라."

"뭐라고요? 언제요?"

"간밤에 사또께 죄를 실토한 직후에 그런 모양이더라. 동트기 전에 이미 시신도 치웠다."

완은 놀라고 허탈한 마음에 털썩 주저앉았다. 생각할수록 이상하고 찝찝한 일 투성이였다. 사또가 간밤에 남몰래 죄인을 신문했다는 것부터 상식적이지 않은 일이었다. 게다가 관졸들이 밤새 옥 앞에서 지키고 있었을 텐데 오라를 진 죄인이 옥중에서 어찌 목을 매 자진을 했다는 걸까.

완은 이방의 의뭉스러운 얼굴을 쳐다보며 문득 쌍개가 했던 말이 떠올랐다.

'내 뒤에 어떤 분이 계신지 알면 감히 이러지 못할 텐데!'

이방은 그때 쌍개에게 무슨 말을 한 걸까. 기세등등하던 쌍개는 이방의 한 마디에 바로 순한 양이 되어 버렸다. 그리고 간밤에 사또에게 죄를 고백한 뒤 스스로 목을 매 죽어 버렸다…….

완은 동헌 대청마루 위에 놓인 의자를 두려운 눈빛으로 바라
보았다.

'사또…….'

활인소

검불 아재가 누명을 벗고 풀려나 숯막으로 돌아갔다는 소식을 듣고 홍이는 뛸 듯이 기뻤다.

"고마워! 모두 네 덕이야."

홍이의 진심 어린 말에 완은 귀가 벌겋게 달아올랐다. 그 모습을 감추려고 고개를 푹 숙이고 괜히 딴청을 했다.

그때 방 안에서 동이의 힘없는 목소리가 들렸다.

"나 물 좀."

"어, 그래. 잠깐만."

홍이는 얼른 부엌으로 뛰어가 물을 한 사발 들고 나왔다. 완이 걱정스러운 얼굴로 물었다.

"동이는 좀 나아졌어?"

홍이가 힘없이 고개를 가로저었다. 하지만 곧 눈을 반짝이며 말했다.

"소문에 읍성 밖에 활인소라는 데가 문을 열었대. 괴질 환자들을 치료해 주는 곳이래. 오늘 동이 데리고 찾아가 보려고."

완은 어두운 낯빛으로 중얼거렸다.

"거긴……."

홍이의 기대에 찬 얼굴을 보고는 곧 씩씩하게 말했다.

"같이 가 보자, 활인소로."

"너는 왜?"

"괴질 환자들이 얼마나 많은데 일손이 부족할 것 아니야. 가서 뭐라도 좀 도우려고."

홍이의 얼굴이 다시 환해졌다.

"좋은 생각이야. 너 정말 대단하다. 남들은 괴질에 걸릴까 봐 슬슬 피하는데."

"뭘, 어서 가자."

완은 쑥스러운 듯 뒤통수를 긁적였다. 홍이와 함께 방에 들어간 완이 누워 있는 동이에게 말했다.

"동아, 활인소 가서 치료 잘 받고 다 나으면 오라버니가 연 만들어 줄게. 우리 같이 연 날리러 가자."

"엄청 크게 만들어 줄 거야?"

"당연하지. 동이가 지금까지 보지 못한 아주아주 큰 연 만들어 줄게."

동이의 입이 딱 벌어졌다. 완은 동이를 난딱 업었다. 홍이는 간단한 짐 보따리를 챙겨 따라나섰다.

마을의 풍경은 삭막했다. 아낙들이 모여 빨랫방망이를 두들기던 냇가에도, 마을 사람들이 삼삼오오 모여 이야기꽃을 피우던 커다란 버드나무 아래도 사람의 흔적을 찾아볼 수 없었다. 날마다 시끄럽게 뛰어다니며 놀던 어린아이들조차 보이지 않아 적막하기만 했다. 북적이던 마을이 갑자기 거대한 폐허로 변해 버린 듯했다. 길가에 버려진 시체를 옆에 두고 거지 아이가 주먹밥을 허겁지겁 입에 쑤셔 넣고 있었다. 이제는 시신을 보는 일도 익숙한 일상이 되어 가고 있었다.

김 영감의 집 앞을 지나던 홍이는 제자리에 우뚝 서고 말았다.

"왜 그래?"

완이 의아한 얼굴로 물었다. 홍이가 꽃밭을 손으로 가리켰다. 어여쁘던 꽃들은 모두 말라비틀어졌고, 잡초가 꽃밭을 점령해 버렸다.

"영감님이 지극정성으로 가꾸시던 꽃밭인데……."

홍이는 울상을 한 채 한참 동안 망가진 꽃밭 앞에 서 있었다. 길에 버려진 시체가 아니라 잡초가 무성한 꽃밭을 보고 더 가슴이 철렁하다니 이상한 노릇이었다. 홍이는 차마 떨어지지 않는 발걸음을 힘겹게 옮겼다.

마을 사람들은 괴질을 막기 위해 죽을힘을 다했다. 집마다 외

부인의 출입을 막기 위해 금줄을 둘러치고 괴질 귀신이 들어오지 않기를 비는 기원문을 써 붙였다. 괴질 귀신을 쫓으려고 대문과 울타리에 뿌려 둔 시뻘건 소의 피 때문에 마을 분위기는 한층 더 을씨년스러웠다. 벌레를 잡아먹는 식물인 끈끈이주걱이 괴질도 잡아 주길 바라며 끈끈이(진액)를 칠해 놓은 대문 옆에 조롱박을 매달아 놓은 집도 있었다. 나라에서는 소나무 베는 것을 법으로 금지하고 있었지만, 솔잎을 먹으면 병이 낫는다는 소문이 퍼지자 인근 산에서는 소나무를 찾아보기 힘들 지경이 되었다. 하지만 괴질은 좀처럼 물러갈 기미가 보이지 않았다. 오히려 점점 더 기승을 부리며 병자들을 집어삼키고 있었다.

홍이가 씁쓸한 얼굴로 말했다.

"김 참판댁 노마님과 어린 도련님까지 괴질로 돌아가셨대. 우리 마을에서 가장 먼저 산으로 피신했는데도 말이야. 죽음 앞에서는 권세도 돈도 다 소용없는 모양이야."

완이 잠시 생각에 잠겼다가 대답했다.

"남의 죽음을 두고 이런 말을 하긴 좀 그렇지만, 그런 걸 보면 목숨만큼은 공평하다는 생각이 들어."

"맞아, 우리 아버지도 그러셨어. 우리가 사는 세상은 사람을 신분에 따라 귀하고 천하다고 나누지만, 하늘이 내려 준 사람의 목숨은 모두 똑같이 소중한 거라고 말이야."

완은 순간 멈칫했다.

'천한 종 주제에 감히!'

정학이 눈을 부라리며 윽박지르던 모습이 떠올랐다.

'오르지 못할 나무는 쳐다보는 게 아니다.'

어머니의 간곡한 당부도 머릿속을 메웠다. 완은 속으로 힘껏 도리질했다. 하늘이 내려 준 사람의 목숨은 모두 똑같이 소중한 것이다. 사람은 모두 똑같이 귀한 법이다. 완은 홍이의 말을 가슴에 깊이 새기려는 듯 곱씹고 또 곱씹었다.

날은 덥고 햇볕은 따가워 동이를 등에 업은 완은 구슬땀을 흘렸다. 홍이는 까치발을 하고 흰 명주로 완의 이마에 맺힌 땀을 닦아 주었다. 완의 심장은 방망이질을 하면서 쿵쾅거렸고, 두 뺨은 벌겋게 달아올랐다.

완은 겸연쩍은 듯 먼 산을 보며 중얼거렸다.

"날씨가 참 덥네."

한참 만에야 성문 밖에 있는 활인소가 눈에 들어왔다. 그런데 어디에선가 고약한 냄새가 풍기기 시작했다. 활인소에 가까워질수록 냄새는 점점 더 심해졌다.

홍이가 코를 싸쥐며 말했다.

"이게 무슨 냄새지?"

완은 이맛살을 찌푸렸다.

"시체 썩는 냄새 같은데……."

마침내 활인소에 도착한 세 사람은 경악하고 말았다. 문 앞에

썩어 가는 시체들이 널려 있고, 파리떼가 새까맣게 달라붙은 시체마다 구더기가 들끓고 있었다. 홍이는 소름이 끼쳐 눈을 질끈 감고 싶었지만 동이 눈부터 가려 주었다. 완은 관아에서 오가는 이야기를 들은 터라 활인소의 실상을 대충은 알고 있었다. 하지만 막상 와서 보니 예상보다 훨씬 더 참혹한 모습에 놀라지 않을 수 없었다. 고통에 찬 병자들의 아우성이 문지방을 넘어 메아리쳤다. 홍이는 안으로 들어갈 용기가 나지 않아 머뭇거렸다.

완이 앞장서 들어갔다. 활인소 안의 풍경은 더욱 비참했다. 마당에는 구토물과 배설물로 잔뜩 더럽혀진 거적 위에서 병자들이 고통에 몸부림치고 있었다. 숨이 붙어 있는지 아닌지는 아무런 의미가 없었다. 살아 있는 이들 또한 곧 죽게 될 것이 뻔했다. 의원은 코빼기도 보이지 않았다. 말이 활인소이지 치료는커녕 기본적인 돌봄조차 이루어지지 않는다는 것을 한눈에 알 수 있었다.

홍이도 주춤거리며 완을 따라 들어갔다. 쓰러져 있던 남자가 손을 뻗어 홍이 치맛자락을 덥석 잡았다.

"살려…… 주……세요, 욱!"

남자의 입에서 누런 액체가 주르륵 쏟아져 나왔다. 그 옆에서는 여자가 눈이 뒤집힌 채 사지를 뒤틀며 신음하고 있었다. 여자의 두 눈이 홍이를 잡아먹을 듯 노려보는 것 같았다. 홍이는 흠칫 놀라 뒷걸음쳤다. 그때였다.

"어, 엄마……."

아이의 울음소리가 희미하게 들려왔다. 홍이는 누워 있는 병자들을 피해 가며 소리 나는 쪽으로 걸음을 옮겼다. 사내아이가 쓰러져 있는 아낙 옆에서 울고 있었다. 홍이 눈이 커졌다.

"아니, 넌……?"

아이는 운산댁의 아들이었다. 엄마가 친정인 운산에 다녀왔다는 이유로 마을 사람들에게 돌팔매질을 당할 때 홍이 품에 안겨 어린 새처럼 바들바들 떨던 그 아이였다.

홍이는 얼른 운산댁의 감긴 눈꺼풀을 뒤집어 보았다. 눈에는 이미 초점이 없었다. 홍이는 참담한 심정으로 아이에게 눈길을 돌렸다. 누렇게 뜬 아이의 얼굴에도 이미 죽음의 그림자가 어른거리고 있었다. 홍이는 일어나 주먹을 불끈 쥐었다. 가슴속에서 불길이 타올랐다.

완은 활인소의 처참한 모습에 절망하며 고개를 절레절레했다. 완이 막 돌아서려는데 등 뒤에서 카랑카랑한 목소리가 들렸다.

"의원은 어디에 있습니까?"

신음하는 병자들 가운데 혼자 우뚝 서서 홍이가 다시 한번 외쳤다.

"사람들이 죽어 가는데 의원은 대체 어디에 있습니까?"

초막의 방문이 열리더니 이인구가 찌푸린 얼굴로 나왔다.

"누구냐?"

이인구는 홍이 일행을 위아래로 훑어보더니 비웃듯 말했다.

"보다시피 더는 병자를 받을 수 없는 형편이다. 그러니 돌아가는 게 좋을 게다. 병자를 버리고 가려거든 그렇게 하든지. 시체하나 더 늘어난다고 달라질 것도 없으니 말이다."

홍이의 입술이 바들바들 떨렸다.

"그냥 돌아가자."

완이 홍이 팔을 잡아끌었다. 홍이는 완의 팔을 뿌리쳤다. 그러고는 이인구를 똑바로 쏘아보며 말했다.

"나리는 나라의 녹을 먹는 관리가 아닙니까?"

이인구가 못마땅한 얼굴로 마지못해 대답했다.

"그렇다만."

"임금께 백성을 위해 일하라는 명을 받은 분이 아닙니까?"

이인구의 미간에 깊은 주름이 잡혔다.

"그렇지."

홍이가 기다렸다는 듯 되받아쳤다.

"그런데 지금 뭘 하고 계십니까?"

이인구의 주름이 한층 더 깊어졌다.

"뭐야?"

"지금 대체 뭘 하고 계신 거냐고 여쭈었습니다. 이 참혹한 모습이 나리 눈에는 보이지 않습니까?"

이인구는 대답 없이 홍이를 쏘아보았다.

"다시 한번 여쭙겠습니다. 죽어 가는 병자들이 정녕 보이지 않습니까? 살려 달라는 외침이 들리지 않습니까?"

이인구는 깊은 한숨을 토했다.

"나더러 어쩌라는 것이냐? 병자들은 움막이 미어터지도록 밀려들고, 의원들은 걸음아 날 살려라 앞다투어 줄행랑을 치고, 약재는커녕 병자들을 먹일 곡식도 부족한 마당에. 게다가 수령이라는 작자는……."

뒷말은 애써 삼킨 채 다시 한번 한숨을 내쉬었다. 조그만 여자아이와 실랑이나 하고 있는 제 신세가 더없이 한심하게 여겨졌다.

홍이는 조금도 주눅 들지 않고 당돌하게 말했다.

"그렇다고 손 놓고 있으면 되겠습니까? 백성은 하늘이라면서요. 지금 하늘이 무너지고 있는데 가만히 계실 겁니까? 뭐라도 해야지요. 길이 보이지 않을 땐 길을 만들며 가야지요. 그것이 나리처럼 많이 배운 분들이 하실 일이 아닙니까?"

이인구는 기가 찼다. 초라한 행색의 여자아이 입에서 나오는 말이 참으로 맹랑했다. 하지만 그 말은 어쩐지 흘려들을 수 없는 힘을 지니고 있었다. 이인구는 저도 모르게 흐트러진 망건을 바로잡았다.

홍이는 진심을 담아 호소했다.

"저는 제 동생을 살리기 위해서라면 무엇이든 하겠노라 다짐했습니다. 나리도 그리해 주십시오. 여기 있는 병자들을 하나라도 더 살려 내기 위해서 최선을 다하겠다고 다짐해 주십시오. 그리해 주신다면 저도 이곳에 남아 나리를 돕겠습니다."

이인구는 벼락이라도 맞은 것처럼 잠시 멍해졌다. 그러고는 무언가에 홀린 듯 고개를 끄덕이고 말았다.

"홍아……."

완은 놀라 홍이를 말리려고 했다. 하지만 결연한 홍이 표정을 보고는 입을 다물었다. 대신 완은 업고 있던 동이를 평상에 내려놓고 팔을 걷어붙였다.

"좋아, 한번 해 보자고."

홍이가 눈을 동그랗게 뜨고 완을 쳐다보았다. 완은 속으로는 심란했지만 애써 활기찬 목소리로 말했다.

"먼저 정리부터 좀 해야겠지?"

완과 홍이는 움막을 깨끗이 청소했다. 병자들의 오물로 더러워진 옷은 빨아 커다란 솥에 넣고 삶았다. 시신은 들것에 싣고 나가 가까운 산에 매장했다.

홍이와 완이 동분서주하는 모습을 보며 이인구도 어느새 힘을 보태기 시작했다. 이인구는 저도 모르게 처음 의원이 되겠노라 결심하던 시절을 떠올리고 있었다.

'전의감에 들어가서 피곤함도 잊은 채 동이 틀 때까지 의학 서적에 파묻혀 지낸 날들, 그때는 내게도 꿈이 있었다. 훌륭한 의원이 되어 죽어 가는 사람들을 내 손으로 살려 내겠다는 다부진 꿈이 있었다. 그리고 마침내 의원이 되고 전의감에서도 실력을 인정받아 심약이라는 자리에까지 올랐다. 그런데 꿈을 이룬 지금 나는 여기에서 대체 무얼 하고 있었던가. 죽어 가는 백성들은 외면하고 그들을 위해 써야 할 약재와 곡식을 빼돌려 탐욕스러운 사또에게 바치고 있다니.'

이인구는 그동안의 잘못을 속죄하는 마음으로 열심히 몸을 움직였다. 세 사람이 잠시도 쉬지 않고 일한 덕분에 해 질 무렵이 되자 활인소는 완전히 딴판이 되었다. 병자들은 여전히 고통에 신음하고 있었지만 활인소는 한결 자리를 잡은 모양새였다.

홍이가 곳간에서 나오며 이인구에게 물었다.

"나리, 약재가 아주 조금밖에 안 남았던데요. 곡식도 마찬가지고요."

"그게 다란다."

"네? 사람들 말이 활인소는 가난한 병자들을 무료로 먹여 주고 치료해 주는 곳이라던데, 나라에서 내려 준 게 저거뿐이라고요?"

이인구는 쓴 입맛을 다시며 말했다.

"자세한 사정은 알 거 없고, 아무튼 남은 건 그게 전부다."

홍이는 한숨을 내쉬며 완에게 말했다.

"내일은 아침 일찍 산에 가서 약초를 구해 와야겠어. 동이에게 먹여서 효과를 본 것들이 있으니까."

"나도 같이 갈게."

홍이는 완에게 새삼 고마운 마음이 들었다. 홍이는 진심을 담아 말했다.

"정말 고마워."

홍이의 따스한 눈길에 완은 마음이 꽉 차오르는 것 같았다. 어머니가 돌아가신 뒤로는 한 번도 가져 본 적 없는 느낌이었다. 배부르게 먹어도 굶주린 것처럼 늘 마음이 허전하기만 했다. 그런데 홍이를 만난 뒤로 부자가 된 것 같았다. 마음의 곳간이 가득 채워진 것 같았다.

완은 홍이에게 들키지 않도록 속으로 대답했다.

'내가 더 고마워.'

하늘을 수놓은 별들이 두 사람의 머리 위로 따뜻한 빛을 내려 주며 반짝였다.

뜻밖의 손님

홍이와 완은 동이 트기 무섭게 산으로 향했다. 둘은 구토와 설사에 효험이 있는 약초를 보이는 대로 모았다. 완은 처음에는 엉뚱한 풀을 뽑기도 했지만 이내 익숙해져 약초와 잡초를 구분하게 되었다. 하지만 이미 사람들이 많이 뽑아 간 뒤라 약초를 구하기는 쉽지 않았다. 오전 내내 산을 누비고 다닌 두 사람은 완전히 녹초가 되었지만 손에 쥔 약초는 한 줌도 채 되지 않았다.

홍이는 실망해 바위에 털썩 주저앉았다.

"겨우 이걸로 그 많은 병자를 어떻게 먹인담?"

완이 홍이 옆에 따라 앉으며 말했다.

"저 위에 가면 더 있지 않을까?"

완이 절벽을 가리켰다.

"거긴 너무 위험해. 우리 아버지도 하수오를 구하려다가 거기서 미끄러져서 다리를 심하게 다치셨어."

"그럼 오늘은 그만 내려가자."

완이 엉덩이를 털고 일어서며 말했다. 홍이도 따라 일어났다.

두 사람은 산에서 내려와 약초를 말리기 위해 처마 끝에 매달았다. 홍이는 가마솥에 숭늉을 끓여 몸을 움직이지 못하는 병자들의 입에 떠 넣어 주었다. 활인소에는 홍이의 손길이 필요한 이들이 차고 넘쳤다. 홍이는 땀을 닦을 겨를도 없이 종종걸음을 치며 병자를 간호했다.

홍이가 동이에게 식은 숭늉을 건네며 말했다.

"동아, 여기 데려와 놓고는 바빠서 잘 돌봐 주지 못해 미안해."

"괜찮아, 나 동무도 생겼어. 이름이 덕이래."

동이가 웃으며 씩씩하게 대답했다. 동이 옆에서 운산댁 아들 덕이가 손가락을 빨다가 홍이를 보곤 히죽 웃었다. 홍이도 웃으며 덕이 머리를 쓰다듬어 주었다.

이인구가 지나가다 슬쩍 물었다.

"그런데 네 동무는 어디 갔느냐? 설마 하루 만에 내뺀 거냐?"

그리고 보니 조금 전부터 완이 보이지 않았다. 홍이는 고개를 갸웃거렸다. 하지만 궁금해하고 있을 짬도 없었다.

"여기, 물! 물 좀!"

"욱! 우웩!"

홍이는 이리 뛰고 저리 뛰며 병자들을 챙기고 옷가지를 삶았다. 죽 늘어놓은 약탕관 앞에 쭈그리고 앉아 부채질을 하다가 홍이는 저잣거리에서 전기수(소설을 전문적으로 읽어 주던 사람)가 들려준 이야기를 떠올렸다. 주인공이 분신술을 써서 여러 명으로 변하는 이야기였다.

'아, 내 몸도 열두 개쯤 되면 얼마나 좋을까.'

홍이는 한숨을 내쉬었다.

'완이는 집에 간 건가? 쳇, 인사라도 하고 가지. 간다고 하면 누가 잡을까 봐 말도 없이 가 버렸나.'

어쩐지 마음 한구석이 허전했다. 홍이는 이런저런 상념을 떨쳐 버리려는 듯 다시 팔을 걷어붙이고 힘차게 부채질을 했다.

어느새 해가 뉘엿뉘엿 기울고 있었다. 설거지를 마친 홍이가 쑤시는 팔을 주무르며 부엌에서 나올 때였다. 문 앞에 시커먼 사람의 형상이 지는 해를 등지고 서 있었다.

"누구……?"

홍이는 눈을 찡그리며 가까이 다가갔다. 완이 장승처럼 우두커니 서 있었다. 완은 얼굴이며 목, 팔과 다리까지 성한 구석이 하나도 없었다. 까진 상처마다 피딱지가 앉아 있고, 시퍼렇게 피멍이 든 곳도 한두 군데가 아니었다. 완은 한 아름 안고 있던 약초를 홍이에게 내밀며 배시시 웃었다.

"그 절벽 위에 올라갔구나."

완이 머리를 긁적였다.

"내가 간다고 하면 네가 틀림없이 따라올 것 같아서……."

홍이는 빨개진 눈으로 말없이 완을 흘겨보았다. 완은 멋쩍게 웃었다.

"미안해, 말도 없이 가서."

그렁그렁 맺혀 있던 눈물이 툭 떨어졌다. 홍이는 눈물을 훔치며 홱 돌아섰다. 완이 홍이 뒤를 따라가며 말했다.

"설마 내가 그냥 가 버린 줄 알았어?"

홍이가 소리를 팩 질렀다.

"거긴 왜 올라가냐고! 위험하다고 했잖아. 다리라도 부러졌으면 어쩔 뻔했냐고!"

완은 아무 말도 하지 못했다. 가슴이 벅차올랐다.

'홍이가 날 걱정해 주었다. 홍이가 날……'

완의 머릿속은 온통 그 생각으로 가득 찼다.

"이리 와 봐, 상처 좀 보게."

홍이는 명주 천에 물을 적셔 완의 상처에 묻은 흙을 가만히 닦아 주었다.

"아야."

완은 상처가 쓰라려 인상을 쓰면서도 입가에는 웃음이 떠나질 않았다.

"아파, 좀 살살해."

"살살하는 거거든? 엄살은."

이인구는 평상에 걸터앉아 홍이와 완을 바라보며 피식 미소를 지었다.

"사막에서도 꽃은 피는 법이지."

활인소의 밤은 저마다의 미소와 함께 천천히 깊어 갔다.

홍이와 완, 그리고 이인구의 헌신적인 노력으로 활인소는 불과 며칠 만에 활기가 돌았다. 그러나 밀려드는 병자들을 감당하기에는 힘에 부쳤다. 홍이는 약초에 대한 지식만 있을 뿐, 침을 놓거나 맥을 짚어 환자의 상태를 살피는 일은 이인구 혼자 감당해야 했다. 힘을 보태 줄 의원 한 사람이 절실한 상황이었다. 하지만 있던 의원도 도망가 버린 판에 어디에서 의원을 데려온단 말인가. 이인구는 아쉬운 대로 홍이와 완에게 의학 지식을 가르쳐 가며 병자를 진료했다. 그야말로 활인소는 의학을 가르치고 배우는 전의감이자 병자를 치료하고 돌보는 혜민서인 셈이었다.

홍이와 완이 산에서 약초를 구해 활인소로 막 돌아온 참이었다. 마당에 깔린 거적 위에 산처럼 커다란 사람의 뒷모습이 보였다. 그는 병자에게 침을 놓고 있었다. 홍이와 완은 의아한 눈빛을 주고받으며 그에게 다가갔다.

그의 얼굴을 본 순간, 홍이는 깜짝 놀랐다.

"검불 아재!"

"오랜만이구나."

홍이는 검불 아재의 얼굴과 그가 놓는 침을 번갈아 보았다. 검불 아재가 헛기침을 하며 변명하듯 말했다.

"음……, 자세한 사정을 지금 다 이야기하긴 어렵다만 과거에는 제법 쓸 만한 의원이었으니 괜찮다면 이곳에서 돕고 싶구나."

완이 얼른 나섰다.

"물론입니다. 실은 의원을 어디서 보쌈이라도 해 오고 싶은 심정이었습니다."

검불 아재가 완에게 눈길을 보냈다.

"네가 완이로구나. 내 누명을 벗겨 주었다는 이야기 들었다. 고맙구나."

"아닙니다. 의원이신 줄은 몰랐는데 이렇게 와 주셔서 정말 고맙습니다."

홍이는 여전히 어안이 벙벙한 표정이었다.

"대체 어떻게……?"

그때 이인구가 불쑥 다가왔다. 그는 흉측한 화상 자국으로 뒤덮인 검불 아재의 얼굴과 손을 못 미덥다는 듯 훑어보았다. 그러고는 헛기침을 하더니 갑자기 점잖은 말투로 말했다.

"흠흠, 의원이 오셨으니 이제야 비로소 활인소가 활인소답게 운영될 수 있겠습니다. 나는 한양에서 내려온 심약 이인구라 합니다."

"소인은 과거에 의원 노릇을 했으나 지금은 산속에서 숯이나 굽고 있습니다."

검불 아재는 말은 겸손하게 했지만, 이인구의 한양에서 왔다는 말이나 심약이라는 벼슬을 듣고도 전혀 위축되는 기색이 아니었다. 그저 무덤덤한 얼굴로 병자에게 계속 침을 놓을 뿐이었다. 이인구는 그런 검불 아재의 태도에 비위가 상하는 눈치였다.

"의원께서는 산골에 있어 잘 모르겠지만 한양 전의감에서 의학을 공부한 내 소견으로는, 올여름부터 계속된 비는 이전에 없던 재앙의 징조인데 음사(습기)와 괴기(어지러운 기운)가 쌓여 괴질을 이룬 것입니다. 또한 재이(이상한 재앙)가 온 것은 하늘이 알려주는 경계이니 우리 모두 덕을 닦아 하늘에 응하면 천심을 돌이켜 재앙을 이겨 낼 수 있을 것입니다."

검불 아재는 묵묵히 듣고만 있다가 마침내 입을 열었다.

"그것은 나라를 다스리는 위정자(爲政者)들이 하는 이야기이지요. 우리처럼 병자를 직접 치료하는 의원이 할 말은 아닌 듯합니다. 심약께서도 그러하실 테지만 저 또한 돌림병을 수차례 겪어 보았습니다. 돌림병이라는 놈은 타인에게 접촉만 하면 곧 병이 확대되어 마치 불이 섶을 얻음과 같이 한없이 퍼져 나가게 됩니다. 따라서 이곳에서도 병자들 간의 격리를 더 확실히 할 필요가 있다고 생각합니다."

이인구는 기분이 상한 얼굴로 되물었다.

"격리를 더 확실히 한다면?"

"병의 경중(輕重)에 따라 병자들을 나누어 격리하는 것이지요. 각 움막에는 경계를 두고 병자들이 서로 오가지 못하도록 해야 합니다. 또한 뒷간도 따로 두어 병세가 호전되어 가는 병자들과 중한 병자들이 각기 나누어 쓰도록 해야 합니다."

"뒷간까지요? 그게 뭐 그리 중요하겠소?"

검불 아재는 확신에 찬 목소리로 말했다.

"중요합니다. 또한 허준 선생이 지은《신찬벽온방》에 따르면 역병은 콧구멍으로 병의 기운을 들이마시기 때문에 걸리는 것이지요. 그러니 병자를 대하거나 진료를 할 때는 항상 바람을 등지고 해야 합니다."

이인구는 속으로 툴툴거렸다.

'쳇, 산골에서 숯이나 굽는 주제에 제깟 놈이 무슨 의원이라고 잘난 척은.'

검불 아재는 이인구의 표정이 점점 굳어지는 것은 아랑곳하지 않고 담담히 말을 이었다.

"병자가 토하고 설사하는 증상이 차차 나아지고 얼굴색이 본래대로 돌아오다가 마침내 소피를 보게 되면 비로소 살아날 징조라 할 수 있습니다."

홍이와 완은 두 의원의 묘한 신경전을 조마조마한 마음으로 지켜보다가 검불 아재의 말에 감탄했다.

"홍아, 아버지를 따라다니면서 약초에 대해 좀 배웠느냐?"

검불 아재가 홍이에게 물었다.

"네, 멀리는 못 가 보았지만 가까운 산에서 나는 것들은 대충 다 압니다."

"그럼 내가 이야기하는 것들을 좀 구해 오너라. 쥐엄나무 열매와 민족두리풀을 각 3돈 5푼, 광물인 주사와 웅황 각 2돈 5푼, 당목향, 귤껍질, 곽향 잎, 도라지, 박하 잎, 관중 뿌리, 구릿대 뿌리, 방풍나물 뿌리, 반하 덩이줄기, 감초 각 2돈, 불에 구워서 결정수를 없앤 백반 1돈 5푼을 함께 갈아 가루로 만들어 복용하도록 할 것이다. 구해 올 수 있겠느냐?"

홍이와 완은 물론 이인구도 입이 떡 벌어지고 말았다. 이인구는 저도 모르게 말까지 더듬었다.

"그, 그게 무슨 처방이오?"

검불 아재는 아무렇지도 않다는 듯 대꾸했다.

"청나라에 갔을 때 괴질과 매우 비슷한 돌림병을 치료해 본 적이 있습니다. 그때 썼던 처방을 써 볼까 합니다."

이인구의 눈이 튀어나올 듯 커졌다.

"처, 청나라요?"

'의원의 신분으로 청나라까지 다녀왔다면 보통 실력이 아닐 것이다. 그런데 어째서 숯쟁이가 되어 산속에 처박혀 지냈단 말인가. 무슨 사연이 있기에……'

이인구는 검불 아재를 의심스러운 눈길로 흘겨보았다. 그러거나 말거나 검불 아재는 홍이에게 거듭 물었다.

"할 수 있겠느냐?"

"힘닿는 대로 구해 보겠습니다. 장터 약방에도 가 보고요."

홍이는 씩씩하게 대답한 뒤 완을 쳐다보았다. 완은 평상에 앉아 무언가 끄적이고 있었다.

"웅황은 주로 금광 주변에서 발견되는 것이라 구하기가 쉽지 않을 것이다. 괴질 때문에 운산 쪽에서 들어오는 물자가 거의 막혔을 터이니."

"그래도 최대한 구해 보겠습니다."

홍이의 다부진 말에 검불 아재는 흐뭇한 미소를 지어 보였다. 그러고는 이인구를 향해 말했다.

"그럼 우리는 움막을 나누어 병자를 격리하는 일부터 시작하지요."

검불 아재가 산처럼 거대한 몸을 일으켜 성큼성큼 앞장서자, 이인구도 황급히 그 뒤를 따랐다. 하지만 못마땅한 얼굴로 연신 투덜거리는 것만은 잊지 않았다.

"이보시오, 이곳의 책임자는 나란 말이오!"

홍이와 완은 눈을 마주치며 소리 죽여 웃었다. 완이 홍이를 보며 말했다.

"자, 이제 우리도 가 볼까?"

홍이는 갑자기 사색이 되어 우뚝 멈추었다.

"아재가 말한 처방, 약초 이름이 너무 많아서 까먹어 버렸어."

완이 종이를 흔들어 보이며 씩 웃었다.

"그럴 줄 알고 적어 뒀지."

홍이는 감탄하며 말했다.

"글도 쓸 줄 알아?"

완은 쑥스러워하며 얼버무렸다.

"뭐, 조금."

"와, 대단하다 정말!"

홍이의 칭찬에 완은 귀밑까지 벌게지고 말았다. 하지만 마음
속에서는 뿌듯함이 차올랐다. 어깨너머로 글을 배우며 정학에게
구박당한 서러움이 한꺼번에 씻겨 나가는 기분이었다. 완은 벌건
얼굴로 홍이를 곁눈질하다 순간 멈칫하고 말았다. 홍이 얼굴에서
숨길 수 없는 부러움과 열망을 읽을 수 있었다. 완이 왜 모르겠는
가. 정학 몰래 서책을 훔쳐보다가 들켜 혼쭐이 나면서도 결코 포
기할 수 없었던 그 갈망을.

완은 잔잔한 미소를 머금고 말했다.

"글 배우고 싶지?"

단박에 홍이의 눈이 함지박만 해졌다. 홍이는 고개를 끄덕였다.

"언문은 배우기 쉬워. 오늘부터 가르쳐 줄게."

"정말?"

완은 당장 나뭇가지로 흙바닥에 기역 자를 그렸다. 그렇게 훈

민정음 강습을 시작하려는 찰나 이인구가 소리를 꽥 질렀다.

"주경야독이라는 말도 못 들었느냐? 글공부는 나중에 하고, 해 떠 있을 때 약재부터 구해 와!"

이인구의 구박을 뒤로하고 산으로 향하는 완과 홍이의 발걸음은 춤을 추는 것처럼 가뿐하기만 했다.

결심

검불 아재가 온 뒤로 활인소의 상황은 눈에 띄게 나아졌다. 홍이와 완은 천군만마를 얻은 기분이었다. 검불 아재는 마치 이전부터 쭉 활인소에서 괴질과 맞서 싸워 온 사람처럼 한 치의 흔들림이나 망설임 없이 처방을 내리고 병자를 돌보았다. 또한 두 사람이 해야 할 일도 알아서 척척 지시했다. 검불 아재를 못마땅하게 여기던 이인구조차 그의 뛰어난 의술에 탄복하지 않을 수 없었다.

이인구는 주변의 눈치를 살피더니 검불 아재 곁으로 슬그머니 다가갔다. 그러고는 딴청을 하는 척하며 검불 아재가 침놓는 모습을 등 뒤에서 지켜보았다. 검불 아재는 이인구의 기척을 눈치챘지만 환자에게 말하듯 넌지시 읊조렸다.

"넓적다리에 붉은 힘줄이 나타날 경우 급히 이를 침으로 따서 피를 빼냅니다. 피를 낸 후에는 다시 두 손 열 손가락 끝과 양쪽 팔뚝 안을 침으로 따고 피를 충분히 뺀 뒤 약을 먹입니다."

'오호라.'

이인구는 고개를 크게 끄덕이더니 황급히 종이를 꺼내어 적었다. 검불 아재가 슬며시 뒤돌아보며 덧붙였다.

"《목민심서》에 나온 내용입니다."

"아, 예."

이인구는 저도 모르게 공손하게 대답하고는 당황해서 손으로 입술을 찰싹찰싹 때렸다.

'에라, 요놈의 주둥이.'

이인구가 부끄러운 마음에 얼른 자리를 피하려는데 검불 아재가 그를 불러 세웠다.

"심약 나리!"

"예? 왜 그러시는지요."

"괴질은 질병의 특성상 신분이나 지위의 높고 낮음에 상관없이 누구나 걸릴 수 있지요. 하지만 평소 잘 먹고 섭생에 신경 쓴 이들이라면 이 병에 걸리더라도 온전할 수 있지만 잘 먹지 못하면 끝내 상하게 되는 경우가 많습니다. 그런데 활인소에는 약재는 물론이고, 병자들에게 먹일 곡식이 터무니없이 부족한 것 같아 몹시 걱정스럽습니다."

"그, 그게 평안도 전역에서 괴질이 창궐하다 보니…… 평안 감영에도 물자가 귀해서 그런 모양이지요."

이인구는 대강 얼버무리고 돌아서며 오만상을 찌푸렸다. 사또는 약재와 구휼미를 가로채고도 부족한지 계속 사람을 보내 더 보내라고 이인구를 압박하던 터였다. 이인구는 견디다 못해 평안도 관찰사에게 그간의 사정을 보고해 버릴까도 생각해 보았다. 하지만 그것도 쉽지 않은 일이었다.

'쥐새끼처럼 교활한 놈, 인편으로 말만 전달할 뿐 서찰 한 번 남기는 일이 없으니. 증거도 없이 덤볐다가 도리어 내가 뒤집어쓰기 딱 좋지.'

이인구는 사또에게 보낼 약재와 쌀을 마련하려면 별수 없이 평안 감영에서 보내온 지원 물품을 또다시 빼돌릴 수밖에 없었다. 이전과는 달리 홍이, 완에 검불 아재까지 떡 버티고 감시하는 통에 몰래 딴 주머니를 차는 게 여간 어려운 일이 아니었다. 이인구는 야심한 밤을 틈타 곳간에서 빼내야겠다고 생각했다.

그날 밤, 홍이와 완이 하루 일을 모두 마무리하고 방으로 들어가는 것을 확인한 이인구는 마지막으로 검불 아재의 움직임을 살폈다. 자시가 훌쩍 넘은 시각인데도 검불 아재는 마당을 오가며 위중한 병자들을 살피느라 여념이 없었다. 곳간에서 약재와 쌀을 빼내 안전한 장소에 숨기려면 반드시 마당을 지나야 했다. 이인구는 검불 아재가 잠을 자러 방으로 들어오는 것을 기다리다가 깜빡 잠이 들고 말았다.

이인구가 번쩍 눈을 떴을 때는 어느덧 묘시(오전 다섯 시에서 일곱 시 사이)에 접어들고 있었다. 얼마 뒤면 동이 틀 것이었다. 그는 허둥지둥 방을 나갔다. 마당은 아직 어둠에 잠겨 있었다. 그는 얼른 곳간으로 가서 커다란 자루에 약재와 쌀을 닥치는 대로 쓸어 담았다. 혹시라도 남의 눈에 띌까 봐 연신 사방을 살펴 가며 싹쓸이하는 모습이 영락없이 도적놈처럼 보였다.

이인구는 낑낑거리며 자루를 어깨에 메려다가 휘청하고 넘어지고 말았다.

"에잇, 왜 이렇게 무거워."

그는 씩씩거리며 자루를 간신히 들쳐메고 마당으로 나갔다. 그런데 한 움막에서 희미한 호롱불 빛이 새어 나오고 있었다. 이인구는 흠칫 놀라 발소리를 죽여 살금살금 다가갔다. 그곳은 병세가 위중한 병자들만 따로 격리한 움막이었다.

"우우우욱."

"아악, 어매."

괴로워하는 신음과 힘겹게 구토하는 소리가 뒤섞여 나왔다. 이인구는 가슴을 쓸어내렸다. 저들은 다 죽어 가는 병자들이니 설령 자루를 옮기다가 들킨다 해도 별일 없겠다고 생각했다.

'그런데 누가 호롱불을 켜 두었담. 저것도 다 돈인데, 쯧.'

이인구는 못마땅한 얼굴로 돌아섰다. 그때 움막에서 흘러나온 노파의 쉰 목소리가 그의 발길을 붙잡았다.

"밤새도록 이렇게 고생을 하셔서……. 주무시지도 못하고."

"저는 괜찮습니다. 힘들어도 계속 약을 드셔야 합니다. 그래야 낫습니다."

이인구는 가슴이 철렁했다.

'저 목소리는……?'

그는 천천히 몸을 돌려 움막 안을 살폈다. 호롱불 빛에 비쳐 산처럼 커다란 그림자가 어른거렸다.

"얼른 죽어…… 저승에 먼저 간…… 우리 아들 만나야지 했는데. 우리같이 천한 목숨을…… 이렇게 돌봐 주시고……."

"병자를 돌보는 게 의원이 할 일이지요. 자, 이제 말씀은 그만하시고 어서 약을 드십시오."

"고맙습니다, 의원님. 정말…… 고맙습니다."

이인구는 힘이 빠져 자루를 툭 떨어뜨리고 말았다. 약재와 쌀이 쏟아져 땅에 흩어졌다. 이인구는 우두커니 서서 바닥을 내려다보았다. 설명할 수 없는 감정이 북받쳐 몸이 떨렸다. 그는 주저앉아 두 손으로 얼굴을 감쌌다.

'병자를 돌보는 게 의원이 할 일이지요.'

검불 아재의 낮지만 단단한 목소리가 화살처럼 날아와 이인구의 심장에 꽂혔다.

'내가 지금 무얼 하고 있나? 나는 의원인가, 도적인가. 죽어 가는 병자에게 먹이기도 모자란 약재와 구휼미를 몰래 빼내다니.

이것이 도적이 아니고 대체 무엇이란 말인가.'

이인구는 굳은 얼굴로 약재와 쌀을 쓸어 모아 자루에 담았다. 그리고 자루를 어깨에 짊어지고 곳간으로 향했다. 그는 약재와 쌀을 다시 제자리에 부어 놓고 손을 탁탁 털었다.

곳간 문을 열고 나오는 그의 얼굴에 이전에는 볼 수 없었던 단호한 빛이 떠올랐다. 동쪽 하늘에서 이제 막 고개를 내민 태양이 그의 뒷모습을 붉게 물들였다.

홍이와 완은 산속을 헤매며 검불 아재가 말한 약초를 찾아다녔다. 하지만 근처 산에서 구할 수 있는 것은 몇 가지 되지 않았다. 두 사람은 장터에 가서 약재상을 샅샅이 뒤졌지만 끝내 웅황은 구할 수 없었다.

약재상이 혀를 끌끌 찼다.

"괴질 때문에 약재를 구하는 사람이 많으니 물건이 없다, 물건이. 듣자니 청나라는 이미 괴질이 한바탕 휩쓸고 지나갔다더라. 그래서 바닷길을 따라 들어오던 물자가 뚝 끊겼지 뭐냐."

홍이는 한숨을 쉬었다.

"검불 아재 말대로 웅황은 눈을 씻고 봐도 없네."

"아서라, 웅황은 구하기 힘들 거다. 지금 운산 광산 쪽에서는 괴질로 죽어 나간 인부들 시체가 산처럼 쌓여 있다던데. 웅황을 구하겠다고 거기까지 누가 들어가겠니. 섶을 이고 지옥 불로 뛰어

드는 거나 마찬가지인데."

홍이는 다시 긴 한숨을 내쉬었다. 조금씩 회복되어 가던 동이가 어제부터 다시 구역질과 설사가 심해졌다. 위중한 이들은 따로 격리하고 있지만 아무래도 동이를 활인소에 데려온 게 잘못이었나 싶어 마음이 몹시 무거웠다.

"아무래도 내가 운산에 가야겠어."

완은 펄쩍 뛰었다.

"제정신이야? 약재상 말 못 들었어? 게다가 운산에 다녀온 걸 알면 마을 사람들이 가만있지 않을 텐데 어쩌려고 그래."

"하지만 이대로는 웅황을 구할 수가 없잖아. 우리 동이 잘못되기라도 하면 난……"

완이 곰곰 생각하다가 말했다.

"읍성 안에 제법 큰 객주가 있어. 보부상들이 드나들면서 별의별 물건을 다 사고파는 곳이니 거기라면 웅황을 구할 수 있을지도 몰라."

홍이는 반색을 하며 서둘렀다.

"어서 가 보자."

두 사람은 그길로 객줏집을 찾아갔다. 홍이는 그곳의 엄청난 규모에 한 번 놀라고, 으리으리하고 화려하게 꾸며진 모습에 또한 번 놀랐다.

"객주 어른을 뵙고 싶은데요."

홍이가 마당을 쓸고 있는 하인을 붙잡고 말했다.

"무슨 일인데?"

하인은 퉁명스럽게 대꾸했다.

"웅황을 좀 구할 수 있을까 해서 왔습니다."

홍이는 하인이 웅황을 손에 쥐고 있기라도 한 듯 공손하게 말했다. 하지만 하인은 콧방귀로 응수했다.

"우리 나리가 얼마나 바쁘신 줄 아니? 너희 같은 애송이를 만나 줄 시간 따위는 없으시다."

"잠깐이면 돼요. 한 번만 뵐 수 있게 해 주세요."

홍이가 매달렸지만 하인은 매정하게 뿌리치며 돌아섰다. 완이 달려가 하인의 팔을 잡았다.

"실은 관아에서 왔습니다."

하인은 관아라는 말에 움찔하더니 물었다.

"사, 사또께서 보내셨냐?"

"네, 그러합니다."

홍이가 놀라 완의 옆구리를 쿡 찔렀다. 하지만 완은 아랑곳하지 않았다. 하인이 의심스러운 눈초리로 말했다.

"그런데 왜 관졸을 보내지 않으시고……."

완이 잠시 멈칫했다가 할 수 없다는 듯 입을 열었다.

"저는 그냥 심부름꾼이 아닙니다. 비록 서출이긴 하나 사또의 소생입니다."

홍이의 얼굴에 초조한 기색이 더해졌다.

"따라와라."

하인은 미심쩍은 표정이었지만 완과 홍이를 안으로 데려갔다. 사랑채에는 풍채가 좋은 남자가 앉아 있었다. 객주 최씨였다.

그가 수염을 쓰다듬으며 물었다.

"사또께서 보내셨다고?"

완이 바닥에 엎드리며 말했다.

"송구합니다. 소인이 사또의 서출인 것은 맞사오나 사또께서 보내신 것은 아닙니다. 객주 어른을 꼭 뵙고 부탁드릴 것이 있어 둘러댄 것입니다."

최씨의 눈이 대번에 샐쭉해졌다.

홍이가 무릎을 꿇고 간절하게 말했다.

"어르신, 웅황을 조금이라도 구할 수 있을까요? 값은 무슨 수를 써서라도 치르겠습니다."

홍이가 두 손을 모아 싹싹 빌었지만 최씨의 대답은 단호했다.

"지금 웅황이 얼마나 귀한지 알긴 하느냐? 내로라하는 대감댁에서도 줄을 선 판에 너희 같은 조무래기에게 돌아갈 것이 있을 성싶더냐? 썩 물러들 가거라."

홍이와 완은 빈손으로 객줏집을 나설 수밖에 없었다. 완이 홍이에게 안쓰러운 눈빛을 보냈다.

"너무 실망하지 마. 다른 방법을 찾아보자."

홍이가 별안간 걸음을 멈추더니 말했다.

"먼저 활인소에 가 있어. 나는 한 번만 더 매달려 보고 갈게."

홍이는 완이 말릴 새도 없이 객주 안으로 뛰어 들어갔다.

"정말 못 말린다니까."

완은 장터 약재상을 다시 한번 돌아볼 작정으로 걸음을 재촉했다. 홍이는 사랑채로 곧장 가서 마당에 꿇어앉았다.

"어르신, 웅황을 조금만 주십시오. 무슨 수를 써서라도 은혜는 반드시 갚겠습니다."

묵묵부답, 사랑채 안에서는 아무 소리도 나지 않았다. 그래도 홍이는 포기하지 않았다. 검불 아재의 처방대로 약을 지어 먹인다면 동이를 살릴 수 있을 거라고 굳게 믿었기 때문이다. 하나뿐인 동생 동이를 위해서라면 무슨 짓이든 할 각오가 되어 있었다.

뙤약볕 아래 버티고 앉은 홍이의 이마와 등줄기에 땀이 비 오듯 흘렀다. 꿇어앉은 다리는 나무토막처럼 아무 감각도 느낄 수 없었다.

한참 만에 방문이 열렸다. 최씨가 무표정한 얼굴로 홍이를 내다보며 물었다.

"정말이냐? 네 청을 들어주면 무슨 수를 써서라도 반드시 은혜를 갚겠다는 말이?"

홍이는 얼른 머리를 조아렸다.

"제가 한 입으로 두 말을 한다면 벼락을 맞아 죽을 것입니다."

"그렇다면 태형도 받을 수 있겠느냐?"

"네?"

홍이는 뜻밖의 말에 얼빠진 얼굴로 최씨를 바라보았다. 최씨는 다시 입을 닫아 버렸다. 홍이는 얼른 고개를 숙이며 대답했다.

"물론입니다."

"그래?"

최씨는 수염을 쓱 훑더니 "여봐라!" 하고 외쳤다. 조금 전에 홍이와 완을 사랑채로 안내했던 하인이 냉큼 달려왔다.

"저 아이가 꽃분이 대신 관아에 가서 태형을 받을 것이다."

"예?"

하인이 놀라 되묻자 최씨가 눈을 부릅떴다.

"못 들었느냐? 어서 저 아이를 관아로 데리고 가거라!"

"아, 예예. 알겠습니다요, 나리."

하인은 굽신거리면서 홍이를 데리고 물러났다. 홍이는 얼결에 하인을 따라 관아로 향했다. 하인이 혀를 차며 말했다.

"나이도 어려 보이는데 매품팔이를 하다니, 쯧쯧."

홍이가 조심스럽게 물었다.

"그런데 꽃분이는 누구고, 대체 무슨 일로 태형을 받는 거예요?"

"우리 나리가 애지중지하시는 막내 따님이다. 이름만 꽃분이지 행실은 아주 개차반이다, 개차반."

하인은 고개를 절레절레 흔들었다.

"이번에는 남장을 하고 돌아다니다가 웬 장사치랑 시비가 붙어서…… 아이고, 말도 마라. 결국 풍기문란죄로 태형 스무 대를 맞게 되었지 뭐냐. 나리가 돈으로 어떻게든 속죄를 해 보려고 애면글면해도 통하질 않았는데, 네가 나타나서 이렇게 해결을 보게 되는구나."

홍이는 제 발로 관아로 가 매를 맞는다 생각하니 소름이 오스스 돋고 식은땀이 났다. 아버지가 곤장을 맞고 돌아가신 일도 떠올랐다. 하지만 동이를 생각하며 마음을 다잡았다. 홍이는 마음속으로 빌고 또 빌었다.

'아버지, 도와주세요. 제게 힘을 주세요.'

사또의 계획

해가 지고도 한참이 지나도록 홍이가 돌아오지 않자 완은 애가 탔다. 문가를 서성이며 안절부절못했다.

이인구가 그 모습을 보고는 핀잔을 주었다.

"문지방 닳겠다, 이 녀석아."

완은 머쓱해서 머리를 긁적이며 문밖으로 나갔다. 먼 곳을 내다보며 애써 초조한 마음을 달래고 있었다. 한참 뒤 저 멀리 어둠 속에서 천천히 다가오는 사람이 보였다. 치마를 두른 것으로 보아 여인인 듯한데 걸음걸이가 이상했다. 술에 취한 사람처럼 비틀거리다가 담벼락을 붙들고 한참 기대어 있다가 다시 한 걸음씩 간신히 내딛는 것이었다. 그런 와중에도 품에 작은 보따리를 신줏단지 모시듯 꼭 끌어안고 있었다.

완은 불안한 마음을 누르며 그쪽으로 걸어갔다. 완이 여인의 몇 걸음 앞까지 다가갔을 때 마침 달이 구름에서 빠져나와 주변이 환해졌다. 완은 여인의 얼굴을 보고 가슴이 철렁했다.

"홍아!"

귀신처럼 창백한 얼굴에 입술에는 핏자국이 엉겨 붙어 있고, 입가는 시퍼렇게 멍들어 있었다. 치마에도 핏자국이 선명했다. 홍이는 완을 보고 미소를 지으려 했다. 하지만 휘청하더니 그대로 쓰러져 버렸다.

"홍아, 정신 차려!"

완은 다급하게 홍이를 흔들었다. 눈꺼풀을 뒤집자 흰자위가 드러났다. 완은 홍이를 들쳐 업고 활인소로 뛰었다.

"의원님, 의원님!"

검불 아재와 이인구가 동시에 달려 나왔다.

"아니, 이게 대체 어찌 된 일이냐?"

이인구가 호들갑스럽게 외쳤다.

"어서 안으로!"

검불 아재가 황급히 방문을 열며 말했다. 완은 얼른 홍이를 이부자리에 눕혔다. 그제야 홍이가 가지고 있던 보따리가 눈에 들어왔다. 보따리 여밈 사이로 누런빛을 띤 물건이 비죽 튀어나와 있었다.

"이건……?"

어느새 다가온 검불 아재가 불쑥 말했다.

"웅황이다. 설마 이걸 구하려다가……."

두 사람은 치마 사이로 드러난 홍이의 종아리를 보고는 경악을 금치 못했다. 피투성이가 된 종아리에는 매질의 흔적이 남아 있었다.

완의 눈에서 눈물이 흘러내렸다.

"대체 무슨 짓을…… 한 거야?"

완은 홍이 곁에 앉아 하염없이 울었다.

밤새 검불 아재의 치료와 완의 정성 어린 간호를 받은 홍이는 다음 날 아침이 되자 일어나 앉을 수 있을 정도로 기운을 차렸다. 홍이에게 자초지종을 들은 완은 입술을 질끈 깨물었다.

"내가 괜히 객주에 가 보자는 얘기를 꺼내서……."

"아니야. 네 덕분에 동이에게 제대로 된 치료 약을 만들어 줄 수 있게 되었어. 난 정말 괜찮아."

홍이는 완에게 미소를 지어 보였다. 완은 고개를 푹 숙였다. 하루 만에 수척해진 홍이 얼굴을 차마 똑바로 쳐다볼 수 없었다.

검불 아재가 홍이의 역성을 들었다.

"네 희생이 헛되지 않도록 최선을 다해 약을 만들어 보마. 많은 양을 만들지는 못하더라도 동이는 물론이고, 생사의 갈림길에 놓인 병자 몇 사람은 더 구해 낼 수 있을 것이다."

홍이는 검불 아재의 말에 더없이 환한 웃음을 지었다. 그래도 완의 마음은 좀처럼 가벼워지지 않았다.

한편 이인구는 사또의 부름을 받고 관아로 가는 길이었다. 사또의 화려한 사랑채에 들어서며 그는 다짐하고 또 다짐했다.

　'더는 사또에게 휘둘리지 않을 것이다. 앞으로는 약재와 구휼미를 보낼 수 없다고 확실히 못을 박아야지.'

　하지만 막상 사또의 능글능글한 얼굴을 대하자 말문이 턱 막히고 말았다. 사또가 짧은 수염을 쓸며 먼저 말을 던졌다.

　"요즘 물건 들어오는 것이 어째 좀 뜸해진 것 같소만?"

　"뜸해지다니 무슨 말씀이신지……."

　이인구는 짐짓 딴청을 부렸다. 사또의 눈이 대번에 샐쭉해졌다.

　'어허, 이놈 봐라?'

　사또는 이인구의 얼굴을 쏘아보며 잠시 말을 골랐다. 흠흠, 헛기침을 하고는 은근한 목소리로 말했다.

　"지난번에 내가 한 말 기억하시오? 공 의원과 염 의원을 비롯해 활인소 의원들이 약재와 구휼미를 사사로이 빼돌렸고, 책임자인 심약은 그것을 알면서도 눈감아 주었다는 것을 평안 감사께서 아시면 과연 어찌하실지!"

　이인구는 뜨끔했다. 사또는 그 틈을 놓치지 않고 쐐기를 박아 버렸다.

　"평안 감영에 보고하겠다는 말은 허언이 아니오. 증거는 물론 증인도 있으니 평안 감사께서도 내 말을 믿지 않을 도리는 없을 거요."

사또라면 얼마든지 증거를 꾸며 내고 증인을 만들어 낼 수 있을 터였다. 이인구는 속이 타 기어드는 목소리로 변명했다.

"그, 그게……. 실은 요즘 활인소에 병자가 넘쳐 나서 약재와 구휼미가 몹시 부족한 상황이라……."

"활인소에 병자가 넘쳐 나는 상황이면 읍성 안은 어떻겠소? 심약은 왜 그런 생각은 하지 못하시오!"

이인구는 잔뜩 주눅 든 채 우물쭈물하며 물었다.

"저, 지난번 사또께서 곧 활인소로 막대한 재산이 들어올 거라 하신 일은 어찌 되었는지요?"

사또는 미간을 찌푸린 채 골치 아프다는 시늉을 했다.

"그 일이라면 말도 마시오. 웬 놈이 갑자기 나타나서는 독살입네, 살인입네 해 가며 다 된 밥에 재를 뿌리는 통에……. 에잇, 그놈이 누군지 알아내기만 하면 가만두지 않을 텐데."

"재를 뿌리다니요?"

"아, 그런 게 있소. 아무튼 좀 기다려 보시오. 내가 그쪽으로는 최선을 다하고 있으니 심약은 물품이나 차질 없이 보내시오."

사또가 다시 은근한 미소를 보내며 말했다.

"참, 그리고 심약! 올가을에 전하께 진상할 인삼 말이오."

이인구는 사또가 또 무슨 수작을 부리려나 생각하며 얼굴을 빤히 쳐다보았다.

"심약도 알다시피 괴질이 창궐하여 숱한 백성들이 죽어 나가는 마당에 진상품을 마련한다는 게 참으로 어려운 일 아니겠소?"

"하지만 진상품을 면제해 주는 것은 조정에서 정할 일인데 한낱 심약에 불과한 제가 어찌……."

"허 참, 답답한지고. 조정에서 면제를 그냥 해 주겠소? 약재를 진상하는 일을 맡고 있는 심약이 지금의 어려운 상황을 얼마나 자세하고 절실하게 보고하느냐에 달려 있다는 것을 모르겠소!"

이인구는 그만 입이 떡 벌어졌다.

'이제는 조정에 밉보일 일마저 내게 떠넘기려 하는구나. 게다가 저 탐욕스러운 인간이 백성들 사정을 생각해서 진상품을 면제해 달라고 할 리 만무하지. 분명 괴질을 핑계로 임금께 바칠 인삼까지 제 놈이 꿀꺽하려는 수작임이 분명해.'

"내 말, 무슨 뜻인지 아시겠지요?"

사또의 말에 이인구는 속으로 이를 갈며 물러 나올 수밖에 없었다.

활인소로 돌아온 이인구는 분을 삭이지 못했다. 진상품을 면제해 달라는 상소문을 쓰다가 와락 성을 내며 종이를 구겨 던져 버렸다.

"이런 벼락 맞을 인간을 보았나!"

씩씩대며 서안을 냅다 엎어 버렸다. 밖에 있던 완이 와당탕 소리에 놀라 뛰어 들어왔다. 이인구는 바닥에 고개를 파묻고 있었다. 잠시 후 그가 고개를 들자 완은 흠칫 놀랐다. 금방이라도 눈물을 쏟을 것 같은 얼굴이었다.

완이 걱정스러운 마음에 조심스럽게 물었다.

"무슨 일이십니까, 심약 나리?"

이인구는 완을 가만히 쳐다보았다. 그동안 활인소에서 함께 지내며 지켜본 완은 나이는 어려도 영민하고 속 깊은 아이였다. 이인구는 길게 한숨을 내뱉고는 천천히 입을 열었다.

"실은 내가 협박을 받고 있단다."

이인구는 사또의 만행을 모두 털어놓았다. 이야기를 듣던 완의 얼굴이 눈에 띄게 어두워졌다. 완이 확인하듯 물었다.

"활인소에 막대한 재산이 들어올 거라 했다고요? 그런데 누군가 나타나서 계획을 망쳐 버렸다는 말이요?"

"그렇다는구나. 대체 무슨 영문인지, 원. 그나저나 앞으로 어찌하면 좋을지. 약재와 쌀을 보내지 않으면 사또가 가만히 있지 않을 텐데."

완은 굳은 얼굴로 생각에 잠겼다.

사또는 쌍개를 사주하여 황 부자네 작은아들을 제거하고 그 집 재산을 모조리 차지하려는 속셈이었다. 조씨가 있다 해도 아녀자의 몸으로 혼자 재산을 지켜 내기는 어려울 터, 활인소에 재산을 기부하도록 억지로 권한 뒤 결국은 자신이 차지하려는 계획이었다. 때마침 작은아들이 괴질을 앓고 있었으니 자연스럽게 병사(病死)로 위장할 수 있으리라 생각했을 것이다. 하지만 완이 나타나 사인이 괴질이 아니라 독살이라는 걸 밝히는 바람에 사또의 계획이 틀어져 버린 것이다. 그가 완이라는 것까지는 사또가 눈치채지 못한 모양이지만 말이다.

비로소 모든 것이 확실해졌다. 완은 괴로운 심정으로 방을 나왔다. 움막과 마당에 깔아 놓은 거적 위에서 병자들이 누워 신음하고 있었다. 검불 아재와 홍이는 물론 이인구와 자신마저도 활인소에 온 뒤로 부족한 약재와 구휼미를 쪼개어 가며 그들을 돌보느라 잠도 제대로 자지 못하고 끼니조차 챙기지 못하는 생활을 이어 왔다. 그런데 사또는 한 고을의 수령이라는 위치에 있으면서 사리사욕을 채우는 데 눈이 멀었다. 그를 단죄해야 할 이유는 차고 넘쳤다. 하지만 그는 다름 아닌 자신의 아버지다. 천한 종의 몸에서 태어나 아버지라고 부를 수조차 없는 처지이긴 하나 사또가 제 아버지라는 사실을 부인할 수는 없다. 제 손으로 아비의 목을 치는 것은 천륜을 어기는 일이다.

완은 가슴에 돌이라도 얹은 것처럼 천근만근 속이 답답해졌다.

원수의 아들

새벽녘, 밤새 괴로워하며 뒤척이던 완은 속이 갑갑한 느낌에 눈을 떴다. 미처 자리에서 일어나기도 전에 욕지기가 치밀어 올라 이불 위에다 토악질을 하고 말았다.

"우욱!"

누렇고 끈적거리는 액체가 주르륵 쏟아져나왔다. 옆에서 자고 있던 이인구가 그 소리에 놀라 벌떡 일어났다. 그의 얼굴이 하얗게 질렸다.

"너……!"

이인구가 검불 아재를 흔들어 깨웠다. 쉴 새 없이 구역질하는 완을 본 검불 아재의 얼굴도 딱딱하게 굳었다. 두 의원의 눈이 마주쳤다. 틀림없는 괴질이었다. 이인구가 다급하게 말했다.

"얼른 약을! 의원께서 지은 약을 먹여야겠습니다."

검불 아재의 얼굴에 곤란한 빛이 떠올랐다.

"하지만 그 약은 어제 상태가 위중한 노파를 비롯해 몇 사람에게 이미 먹였습니다. 한 사람 분량밖에는 남지 않았는데 그건 동이에게 먹이려고 남겨 둔 것입니다."

이인구는 안타까운 얼굴로 고개를 끄덕였다.

"하긴 홍이가 동생 살리겠다고 목숨 걸고 구해 온 것이니 그래야겠지요."

"먼저 탕약과 침으로 치료하면서 지켜봅시다. 끓인 물도 계속 마시게 하고요. 젊고 건강하니 이겨 낼 수 있을 것입니다."

두 의원은 불안한 마음을 애써 누르며 밖으로 나왔다.

완의 상태는 급격하게 나빠졌다. 뒷간을 수시로 드나들던 완은 반나절도 채 되지 않아 자리에서 일어날 기운조차 없어 누운 채로 이부자리를 더럽히고 말았다.

홍이가 계속 붙어 앉아 숭늉과 탕약을 번갈아 입에 떠 넣어 주었다. 완은 어떻게든 삼켜 보려 했지만 계속 구역질이 일어 그대로 게워 내고 말았다. 발끝부터 시작된 근육의 경련이 종아리를 타고 점차 위로 올라오자 완은 사지를 뒤틀며 괴로워했다. 침도 탕약도 소용없었다.

저녁이 되자 완의 몸은 하반신부터 점차 푸르뎅뎅한 빛을 띠기 시작했다. 눈을 지그시 감은 채 완의 맥을 짚던 검불 아재가 천천히 고개를 저었다.

"악화되는 속도가 너무 빨라. 이대로라면 어려울 것 같다."

"네?"

홍이가 울상을 지었다. 홍이는 잠시 망설이다가 결심한 듯 말했다.

"그 약, 완이에게 주세요."

검불 아재가 놀란 눈으로 홍이를 쳐다보았다.

"그러면 동이는?"

"완이부터 살리고 봐야죠. 동이는 완이만큼 상태가 심각하지는 않으니."

"알았다."

검불 아재는 한숨을 내쉬고는 약을 가지러 나갔다. 완이 눈을 희미하게 떴다. 그는 갈라진 목소리로 간신히 입을 열었다.

"홍아, 할 말이…… 있어."

홍이가 무릎걸음으로 완의 곁으로 바싹 다가앉으며 물었다.

"목말라? 물 줄까?"

완은 힘없이 고개를 저었다.

"객줏집에서…… 내가 한 말…… 기억나? 내가 사또의……."

"그건 객주 어른을 만나려고 지어낸 말이잖아. 지금 그걸 왜……."

홍이는 영문을 모르겠다는 얼굴로 완을 쳐다보았다. 완은 입술을 지그시 깨물었다. 홍이의 얼굴이 창백해졌다.

"설마?"

완은 얕은 한숨과 함께 고개를 끄덕였다.

"그래, 맞아. 내 어머니는 천한 종이었고⋯⋯. 그래서 나 또한⋯⋯ 종이나 다름없는 신세이긴 하지만, 사또는⋯⋯ 내 아버지가⋯⋯ 맞아."

'사또가 누구인가. 그는 하수오를 가로채기 위해 내 아버지에게 누명을 씌우고 결국은 죽게 했다. 그뿐인가. 어머니도 사또가 의원만 보내 주었다면 그렇게 허망하게 떠나지는 않았을 것이다. 사또는 내 부모를 죽인 철천지원수다. 그런데 완이 그런 사또의 아들이라고!'

홍이는 저도 모르게 앉은 채로 뒤로 물러났다. 그런 홍이를 보는 완의 눈에는 이루 말할 수 없는 슬픔이 차올랐다. 완은 눈물을 삼키며 말했다.

"홍아, 그러니 그 약은⋯⋯ 안 돼. 절대로⋯⋯ 나한테 양보해서는 안 돼. 내 아버지 때문에 너는 부모님을 잃었는데⋯⋯. 내가 동이에게 줄 약까지 빼앗아 먹고 목숨을 부지하면 안 되잖아. 그럴 수는⋯⋯ 없는 거잖아."

홍이는 원통하게 세상을 떠난 부모님이 떠올라 눈물이 솟구쳤다. 그동안 자신을 속인 완이 원망스러웠다.

홍이는 벌떡 일어나 방에서 나가려고 했다. 완이 홍이 등을 보며 마지막 남은 기운을 모아 간신히 말을 이었다.

"내가 죽으면…… 사또의 죗값을…… 대신 치르는 거라고 여겨 줘. 그렇게라도 네 슬픔을…… 조금이나마 위로할 수 있다면…… 더 바랄 것이…… 없다."

완은 힘겹게 말을 마쳤다. 홍이는 완의 말에 마음이 흔들렸지만 끝내 뒤돌아보지 않고 방을 나왔다. 문 앞에 선 채 홍이는 양손에 얼굴을 묻고 서럽게 흐느꼈다.

검불 아재가 바쁜 걸음으로 다가왔다. 홍이 기색을 살피더니 가루약이 담긴 사기그릇을 내밀었다.

"자, 마지막 남은 약이다."

홍이는 눈물이 그렁그렁한 채 검불 아재를 바라보고만 있었다. 그는 홍이 손에 사기그릇을 들려 주며 말했다.

"네 마음 가는 대로 하렴."

검불 아재는 홍이를 혼자 남겨 둔 채 완이 있는 방으로 들어갔다. 홍이는 그 자리에서 어깨를 들썩이며 울었다.

"왜 울어?"

어느새 동이가 곁에 와서 홍이를 빤히 바라보고 있었다. 동이는 울상을 하면서 언니를 달랬다.

"울지 마."

홍이는 얼른 소매로 눈물을 닦았다.

"그래, 울지 않을게. 이제 안 울어."

동이가 새끼손가락을 내밀며 말했다.

"진짜? 약속!"

"그래, 약속!"

홍이는 동이와 새끼손가락을 걸며 애써 웃어 보였다. 동이가 주위를 두리번거리며 물었다.

"그런데 완 오라버니 어디 갔어? 계속 안 보이네."

입술을 비죽 내밀며 투덜댔다.

"치, 연 만들어 주기로 해 놓고."

홍이는 동이 머리를 쓰다듬으며 말했다.

"오라버니가 지금 많이 아파. 연은 내가 만들어 줄게."

동이의 눈이 금세 꼬리를 내렸다.

"많이 아파? 그럼 오라버니도 죽는 거야? 우리 아버지처럼?"

동이는 칭얼거리기 시작했다.

"싫어. 완 오라버니 죽는 거 싫어, 싫단 말이야."

홍이는 동이를 달래 방으로 데리고 갔다. 동이는 내내 칭얼거리다가 좋아하는 색동저고리를 꼭 끌어안고 잠이 들었다.

홍이는 동이의 뺨을 쓸어 주며 속삭였다.

"동아, 난 어떻게 해야 할까?"

새근새근 잠든 동이의 동그란 배가 숨소리에 맞춰 오르락내리락했다. 홍이는 동이의 배에 가만히 귀를 기울였다.

한참 만에 고개를 든 홍이는 동이를 쳐다보면서 속삭였다.

"역시 그렇지?"

홍이 눈에는 눈물이 맺혀 있었다.

"우리 동이는 꼭 이겨 낼 수 있어. 내가 어떻게 해서든 낫게 해 줄 거야."

홍이는 눈물을 훔치고는 자리에서 일어났다. 그러고는 가루약이 든 사기그릇을 들고 완이 누워 있는 방으로 건너갔다.

완은 눈을 감은 채 자리에 누워 있었다. 홍이가 들어가는 소리에도 눈을 뜨지 않았다.

검불 아재가 낮은 목소리로 말했다.

"혼수상태에 빠진 것 같다."

홍이가 사기그릇을 검불 아재에게 내밀며 겁에 질린 얼굴로 말했다.

"너무 늦은 건 아니겠지요?"

검불 아재는 홍이에게 짧게 눈길을 주고는 몸을 일으켰다.

"최선을 다해 봐야지. 가루약을 물에 개어 오너라."

검불 아재가 완의 허벅지에 침을 찔러 피를 냈다. 그리고 손가락 끝과 양쪽 팔 안쪽을 침으로 땄다. 침이 지나간 자리마다 검붉은 피가 울컥울컥 나왔다.

홍이가 물에 갠 약을 숟가락으로 떠서 완의 입에 조금씩 흘려 넣었다. 완은 의식을 잃은 상태라 약이 입가로 주르륵 흘렀다. 홍이는 애가 타서 흘러내린 약을 손가락으로 완의 입안으로 밀어 넣었다.

그 모습을 지켜보며 검불 아재는 조용히 생각에 잠겼다. 그는 마음 깊은 곳에 묻어 둔 어느 밤의 기억을 떠올리고 있었다. 활활 타오르는 불길 속에 쓰러져 있던 아내와 아이들의 모습. 잿더미가 되어 버린 마을의 풍경과 땅을 치며 울부짖던 이웃들의 아우성까지……. 고통스러운 기억에서 도망치기 위해 산속에 숨어들어 지금껏 신분을 감추고 살았다. 할 수만 있다면 자신이 의원이었다는 사실조차 지워 버리고 싶었다. 하지만 지금 죽어 가는 완의 입에 마지막 남은 귀한 약을 떠 넣어 주는 홍이를 보며 인정하지 않을 수 없었다.

'의원의 자세란 그런 것이다. 병자가 누구든, 하물며 그가 철천지원수라 해도 사람의 목숨을 한결같이 귀하게 여길 줄 알아야 한다. 그것이 의원이 가야 할 길이다.'

검불 아재의 눈가에 좀처럼 볼 수 없었던 눈물방울이 맺혔다.

약의 효험 덕분인지 다음 날부터 완은 얼굴에 차츰 핏기가 돌기 시작했다. 홍이와 검불 아재, 이인구의 정성 어린 간호를 받으며 며칠 만에 기적처럼 회복했다.

마침내 완이 첫 소피를 보자 이인구가 환호하며 기뻐했다.

"소피다, 소피! 이제 다 나은 거나 진배없다."

완이 쑥스러워하며 웃었다.

"다 의원님 덕분입니다."

"내 덕은 무슨. 검 의원이 처방한 약 덕택이지. 아, 그 약 정말 효험이 있는데 웅황을 더 구할 수 없나. 아쉽네, 아쉬워. 나라에서 내려 준 성산자나 소합원은 이번 괴질에는 효과가 영……."

완은 굳은 얼굴로 이인구의 말을 잘랐다.

"지금 뭐라 하셨습니까?"

"엥? 성산자나 소합원이 효과가 영 없다는 말……?"

"아니, 그 전에 말입니다."

"아, 검 의원이 처방한 약 덕택이라고……."

"그 약을 제가 먹었단 말입니까?"

완의 성난 얼굴에 이인구는 화들짝 놀라 말까지 더듬었다.

"그, 그래. 호, 홍이가 직접 떠먹였지. 한 숟가락, 한 숟가락 아주 정성을 들이면서 말이야."

완은 자리에서 벌떡 일어났다. 하지만 어지럼증이 일어 휘청하고 말았다. 이인구가 황급히 완을 부축했다.

"아직 완전히 회복한 것이 아닌데 어딜 가려고. 지금은 더 누워서 쉬어야 한다."

완은 대답도 없이 이인구의 팔을 뿌리치고 방을 나갔다.

"이놈아, 그러다가 정말 큰일 난다니까!"

완은 활인소 문 앞에서 빨래 더미를 이고 들어오던 홍이와 맞닥뜨렸다. 홍이는 웃어야 할지 울어야 할지 모르겠다는 표정으로 완을 쳐다보았다.

"왜 동이에게 줄 약을 나한테 먹인 거야? 내가 밉지도 않던?"

"네가 그랬잖아. 목숨은 모두 공평한 거라고. 너도 활인소의 다른 위중한 환자들처럼 그 약이 꼭 필요한 소중한 목숨이니까. 그래서 너한테 준 것뿐이야."

홍이는 쌀쌀하게 말하고 완을 지나쳐 활인소로 들어갔다. 완은 홍이의 뒷모습을 슬픈 눈으로 바라보았다. 그러고는 성문 쪽으로 성치 않은 몸을 이끌고 발걸음을 옮겼다.

그날 밤 달이 뜨도록 완은 활인소로 돌아오지 않았다. 홍이는 검불 아재와 이인구와 함께 마당에서 완을 기다리며 애를 태웠다. 이인구가 오만상을 찌푸리며 말했다.

"에잇, 완이 그놈. 아까 억지로라도 끌어다 앉혔어야 하는데. 대체 그 몸을 하고 어딜 간 거야. 길에 쓰러져 있기라도 한 건 아니겠지요, 예? 검 의원님."

이인구의 입방정에 검불 아재가 무뚝뚝하게 대답했다.

"조금만 더 기다려 보고, 그래도 오지 않으면 찾으러 나가 봅시다."

홍이는 저도 모르게 손톱을 물어뜯고 있었다. 검불 아재가 홍이 어깨를 토닥여 주었다. 그때였다. 터덜터덜 발소리가 들리자 홍이가 문밖으로 뛰쳐나갔다. 완이 휘청거리며 다가오고 있었다. 어디에서 뭘 하다가 온 건지 온몸이 상처투성이인 데다가 걸을 힘도 없는 듯 기진맥진 넋이 나간 모습이었다. 달려 나온 홍이를 본 완은 힘겹게 숨을 고르며 미소를 지어 보였다. 그러고는 손에 꼭 쥐고 있던 삼베 주머니를 홍이에게 내밀었다.

"간신히 구한 게 이만큼이야. 이건 꼭 동이에게 먹이자."

주머니를 열어 본 홍이는 설움인지 감동인지 모를 감정이 북받쳐 올랐다. 홍이 눈가에 이슬이 맺혔다. 홍이는 주머니 안에 든 노란 웅황을 마치 하늘에서 떨어진 달 조각이라도 되는 양 소중하게 품에 안았다.

수상한 사내

검불 아재가 처방한 약을 먹고 병이 씻은 듯 나은 사람은 완만이 아니었다. 생사의 문턱을 넘나들던 노파도 그 약을 먹은 뒤 점차 기운을 차리더니 마침내 완치되었다.

노파는 눈물을 글썽거리며 검불 아재에게 고마운 마음을 전했다.

"의원 나리, 다 죽어 가는 저를 밤낮 할 것 없이 지극정성으로 돌봐 주시고 결국은 이렇게 살려 내시니 이 은혜를 어찌 다 갚을까요?"

"큰 병 이겨 냈으니 이제 건강하게 오래오래 사십시오."

노파는 종이로 꽁꽁 싼 꾸러미를 내밀었다.

"가진 것 없는 몸이라 마땅히 드릴 것도 없고⋯⋯. 이거라도 받아 주십시오."

검불 아재는 손사래를 치며 말했다.

"아닙니다. 의원이 당연히 해야 할 일을 한 것뿐인데 이러실 것 없습니다."

이인구가 불쑥 튀어나오더니 꾸러미를 가로챘다.

"이것이 무엇이기에⋯⋯?"

노파가 볼멘소리를 했다.

"이리 내놔요. 검 의원님 드릴 거요."

이인구는 들은 척도 하지 않고 꾸러미를 펼쳤다. 그 안에는 성산자와 소합원이 들어 있었다. 꾸러미를 살피던 이인구의 눈이 튀어나올 듯 커졌다. 귀퉁이에 '서(鼠)' 자가 적혀 있었다. 자신이 쓴 글자가 분명했다.

이인구가 노파에게 다그치듯 물었다.

"이거 어디서 난 물건이오?"

노파는 부루퉁한 얼굴로 대꾸했다.

"훔친 거 아니오. 우리 아들이 준 거요."

"아들? 그 아들 어디 있소? 이걸 어디에서 얻었는지 좀 알아야겠소."

노파는 대답 대신 눈물만 찍어 냈다.

"아들 어디 있냐니까요?"

이인구가 답답하다는 듯 소리를 높였다.

"죽었소!"

노파가 팩 소리를 질렀다. 이인구가 놀라 입을 다물자 노파는 본격적으로 눈물 바람을 시작했다.

"아이고, 불쌍한 내 새끼. 억울하게 잡혀가서 옥에서 목을 맸다는데, 그럴 리가 없소. 내 아들은 절대로 병든 어미 혼자 놔두고 목맬 아이가 아니오. 얼마나 착하고 효자인데. 뭣이 잘못돼도 단단히 잘못된 게 틀림없소!"

노파는 이인구가 아들의 죽음을 전하러 온 관졸이라도 되는 것처럼 그의 바짓가랑이를 붙들고 늘어졌다.

"아니, 이 노인네가 왜 이래."

이인구가 질색하며 발을 빼냈다.

"그러니까 그 착하고 효자인 아들이 애당초 옥에는 왜 갇힌 거요?"

"살인죄를 뒤집어썼지 뭐요."

"허 참! 핑계 없는 무덤은 없다더니."

이인구가 비아냥거리자 노파가 정색하며 말했다.

"누가 시켜서 그런 게 틀림없소. 아, 정말이오. 아들이 생전에 그랬거든. 높은 분이 뒤를 봐주고 있으니 걱정하지 말라고."

완이 심상치 않은 얼굴로 다가왔다. 그는 노파 옆에 바짝 다가와 서더니 공손하게 물었다.

"혹시 아드님 이름이 쌍개가 맞는지요?"

노파의 눈이 휘둥그레졌다.

"내 아들을 아는가?"

완은 고개를 끄덕인 뒤 노파에게 단호한 말투로 말했다.

"아드님은 스스로 목을 맨 것이 아닙니다. 살해당한 것입니다."

"뭐, 뭐라고?"

노파는 다리에 힘이 풀리는지 그 자리에 털썩 주저앉았다.

"아드님의 억울함을 풀어 주고 싶으시지요?"

"그걸 말이라고! 난 진작부터 그럴 줄 알았어."

"그렇다면 제가 시키는 대로 하실 수 있겠습니까?"

"암, 하고말고. 지옥 불구덩이에 뛰어들라면 뛰어들겠네."

"그저 있었던 일을 사실대로 말씀해 주시기만 하면 됩니다."

이인구의 머릿속이 복잡하게 돌아갔다.

'가만있자, 노파의 아들이 제 어머니에게 준 꾸러미는 분명 내가 사또에게 보낸 것이 틀림없다. 그 아들이라는 자는 살인죄로 잡혀가 옥에서 목을 매고 죽었다. 그런데 그 살인은 높은 분이 시켜서 저지른 것이고, 높은 분이 뒤를 봐준다고 했다. 그렇다면 그 높은 분은 혹시……?'

이인구와 완의 눈이 마주쳤다. 이인구가 완을 끌고 방으로 들어갔다. 그는 문을 탁 소리 나게 닫고 대뜸 물었다.

"쌍갠지 뭔지 하는 놈이 죽인 사람이 누구냐?"

"정주 땅에서 가장 부유한 황 부자댁 작은아들입니다. 그 댁 어른과 큰아들은 괴질에 걸려 죽고, 집안에 남자라고는 작은아들 하나만 남아 있었지요."

"오호라, 그렇다면 사또가."

완은 눈을 내리깔았다.

"나리께서 짐작하시는 그대로입니다. 이제 증인도 있으니 사건의 내막을 평안 감사께 전하기만 하면 됩니다."

"내가 그 쥐새끼 같은 작자한테 그동안 당한 것을 생각하면!"

이인구는 눈을 부라리며 이를 갈다가 화들짝 놀라 입을 다물었다.

"참, 듣자니 네가 비록 서출이기는 하나 사또의 자제라던데. 괜찮겠느냐? 그래도 아버지인데."

완은 잠시 망설이다가 대답했다.

"제 손으로 아비를 치는 것은 불효막심한 죄이지요. 그에 대한 벌은 달게 받겠습니다. 그러니 사또는 사또가 저지른 죄에 대한 벌을 받도록 나리가 조치해 주십시오."

이인구는 탄복하며 완을 찬찬히 쳐다보았다. 그러고는 결심한 듯 평안 감사에게 보낼 서찰을 쓰기 시작했다. 정주 땅에 괴질이 창궐하여 백성들이 고통받고 있는데 사또는 활인소의 물품을 횡령하고 백성을 수탈하다 못해 황 부자의 재산을 가로채기 위해 살인을 교사하기까지 했다고 적었다.

일필휘지로 서찰을 완성한 이인구는 평양으로 보낼 믿을 만한 심부름꾼을 찾기 위해 활인소를 나섰다.

홍이는 빨래터에서 병자들의 옷가지를 빨아 오는 길이었다. 광주리를 머리에 이고 활인소로 들어가려는데 뒤에서 인기척이 느껴졌다. 뒤를 돌아보았지만 아무도 보이지 않았다. 홍이는 고개를 갸웃거리고는 발길을 돌렸다.

"뭐 하는 거요? 거기 숨어서."

나무 뒤에 숨어 있던 사내가 안심하며 고개를 내민 순간, 홍이의 카랑카랑한 목소리가 날아왔다. 패랭이(신분이 낮은 남자가 쓰던 갓)를 쓴 사내가 냅다 줄행랑을 치기 시작했다.

홍이가 따라 뛰었지만 머리에 인 빨래 광주리 때문에 사내의 날쌘 뜀박질을 따라잡을 수는 없었다. 홍이는 숨을 헐떡이며 멈춰 서고 말았다.

"무슨 일이야?"

어느새 쫓아 나온 완이 물었다.

"저 사람이 숨어서 활인소를 엿보고 있었어."

홍이가 손가락을 가리키며 대답했다.

"그래?"

완은 남자의 뒤를 쫓아 힘껏 달렸다. 하지만 한참 만에 빈손으로 돌아오고 말았다.

홍이가 다급하게 물었다.

"어떻게 됐어? 놓쳤어?"

"응. 하지만 얼굴은 봐 두었어."

완은 빨래 광주리를 덥석 들더니 성큼성큼 앞서 걸었다.

"내가 이고 가도 되는데."

홍이의 입가가 씰룩였다. 홍이는 비죽 웃음이 나는 걸 감추려고 고개를 숙인 채 종종거리며 완의 뒤를 따라갔다.

완이 웅황을 구해 온 덕분에 동이도 검불 아재가 만든 가루약을 먹을 수 있었다. 마침내 동이도 괴질을 완전히 물리쳤다.

아침저녁으로 선선한 바람이 분다 싶더니, 어느덧 한가위가 다가오고 있었다. 검불 아재를 비롯한 사인방의 노력으로 활인소는 마침내 안정을 찾았다. 많은 병자가 완치되어 집으로 돌아갔고, 새로 감염되어 들어오는 병자의 수도 눈에 보이게 줄었다. 그들도 대부분 증세가 가벼워 위중한 병자만 따로 격리하던 움막은 철거할 수 있었다.

"올 한가위는 예년같이는 보내지 못하겠군."

"아무리 먹고살기 힘들어도 한가위만큼은 넉넉하게 지냈는데 말이야."

"한가위고 뭐고 괴질 신이나 어서 싹 물러가면 좋겠네."

"그래도 우리는 활인소 덕분에 다시 한가위를 맞이할 수 있게 되었으니 얼마나 감사한가."

"맞는 말일세. 먼저 간 이들만 불쌍하지."

활인소에서 치료받아 건강을 회복한 이들은 그곳에 남아 일손을 돕기도 했다.

활인소에 모처럼 훈훈한 기운이 넘쳐 날 무렵이었다. 이른 아침부터 이인구가 홍이와 완을 방으로 불렀다. 그의 얼굴은 몹시 침울해 보였다.

"오늘 새벽에 검 의원이 떠났다."

"네?"

두 사람은 동시에 외쳤다.

"아니, 왜?"

완의 말에 이인구가 씁쓸한 듯 대답했다.

"이제 이곳은 우리한테 맡겨도 되겠다는 말만 남기고 획 떠났어. 올 때도 바람처럼 오더니 갈 때도 바람처럼 가 버리는구나."

홍이 눈에 금세 눈물이 그렁그렁 차올랐다.

"아버지처럼 믿고 의지했는데 이렇게 말도 없이 떠나시다니……."

이인구가 소매에서 서찰을 꺼내 홍이에게 건넸다.

"네게 이걸 전해 달라고 하더라."

홍이 보아라.

네가 틈날 때마다 언문 공부하는 걸 보았다. 이제 읽는 것쯤은 충분히 익혔을 거라 믿고 몇 자 남긴다.

나는 본래 이름난 의원이었다. 어느 날 큰 도적 떼의 우두머리가 상처를 입고 날 찾아왔다. 그냥 두었다가는 목숨이 위태로울 수 있는 상황이었다. 그가 도적이라는 것을 알았기에 고민이 되기는 했지. 하지만 내게 온 환자를 못 본 척하는 것은 의원의 도리가 아니라고 생각하여 정성껏 치료했다. 살아나거든 부디 도적질을 그만두라고 당부했지만 그는 끝내 대답하지 않더구나.

그런데 내가 타지로 왕진을 가 있는 사이, 바로 그 도적 떼가 우리 마을을 약탈하고 쑥대밭으로 만들었다. 하지만 그의 명령에 따라 내 집과 식솔은 무사했지. 도적 떼가 물러간 뒤 분노한 마을 사람들이 내 집에 불을 질렀다. 내가 돌아왔을 때 집은 온통 불길에 휩싸여 있었고, 집 안에는 아내와 어린것 셋이 그대로 있었다. 처자식을 구하기 위해 불길 속으로 뛰어들었지만 소용없었다. 잿더미가 된 아내와 어린 자식들을 내 손으로 묻어야 했다. 내 얼굴과 몸에 있는 화상은 그날 입은 것이란다.

내가 살린 도적놈이 나와 평생을 함께 지낸 마을 사람들을 죽이고, 결국 성난 마을 사람들의 손에 내 처자식이 몰살된 것을 보고 의원으로서의 양심을 저주했다. 모든 병자의 목숨은 똑같이 소중한 것이라는 그 잘난 생각 때문에 결국 내 처자식은 불길 속에서 재가 되어 버리고, 내가 나고 자란 마을은 쑥대밭이 되고 말았다. 나는 그놈을 살려서는 안 되는 거였다고, 후회를 하고 또 했다. 그래서 다시는 의원 노릇을 하지 않겠노라 결심하고, 산에 숨어들어 숯쟁이가 되었단다. 하지만 너와 완이에게 내 목숨을 구해 준 은혜는 갚아야겠다는 생각에 활인소로 오게 되었다.

홍아, 너와 함께 이곳에서 죽어 가는 병자들을 살리기 위해 애쓰는 동안 나는 지난 일을 다시 생각해 보게 되었단다. 그리고 네가 원수의 아들인 완이에게 마지막 남은 약을 양보하는 것을 보고 비로소 깨닫게 되었다. 과거의 내 행동이 옳았다는 것을 말이다.

모든 병자의 목숨은 똑같이 소중한 것이란다. 그리고 그 목숨을 살리기 위해 최선을 다해야 하는 것이 의원의 소명이지. 나로 인해 살아난 그들이 그 목숨으로 바르게 살지 못한 것까지 내 탓은 아니었단다. 바로 네가 그 사실을 깨닫게 해 주었다.

고맙다. 네게 이 말을 꼭 전하고 싶었단다.

이제 활인소는 내가 없어도 될 것 같구나. 나는 의원의 손길이 필요한 곳으로 가 남은 생을 바치려 한다. 부디 건강하거라.

의원 김부석

서찰 위로 눈물방울이 떨어졌다.

사필귀정

건강을 회복해 활인소를 나가는 병자가 새로 들어오는 숫자를 훌쩍 넘기기 시작하더니, 어느덧 서너 명밖에는 남지 않았다. 또한 그들도 회복기에 접어들고 있어, 이인구는 모처럼 여유로운 일상을 보낼 수 있게 되었다. 그런데 무슨 영문인지 그는 계속 초조하고 조마조마한 기색으로 안절부절못했다.

이인구가 침을 정리하다가 침통을 와르르 쏟아 버리는 것을 보고 완이 참다못해 물었다.

"나리, 무슨 일 있으십니까?"

이인구는 마른침을 삼키며 기다렸다는 듯 대답했다.

"내가 평안 감사께 사또의 악행을 고발하는 서찰을 보낸 지도 여러 날이 지나지 않았느냐."

"정주에서 평양까지 한달음에 갈 수 있는 거리도 아니고, 처분이 내려지기까지 시간이 걸리겠지요."

"소식이 벌써 오고도 남았을 터인데, 어째서 여태 감감무소식
인지 모르겠구나."

"곧 소식이 오겠지요."

"그래, 그렇겠지?"

잠시 뒤 이인구는 약 달이는 탕기를 떨어뜨리고 말았다.

"어이쿠, 이런!"

"제가 치우겠습니다."

완은 깨진 탕기 조각을 쓸어 모으며 불안한 눈빛으로 이인구
를 살폈다.

'안 그래도 초조해하시는데 이 얘기까지 꺼내면 더 걱정하실
게 분명해. 그래도 얘기를 해야 하나?'

눈치 빠른 이인구는 완이 망설이는 기색을 놓치지 않았다.

"왜 그러느냐?"

완은 입술을 질끈 물고 있다가 이내 결심한 듯 입을 열었다.

"실은 아까 패랭이를 쓴 사내가 병자를 붙들고 이것저것 캐묻
는 것을 보았습니다. 제가 다가가니까 도망쳐 버렸는데, 얼마 전에
도 그 사내가 활인소를 기웃거렸거든요. 아무래도 수상합니다."

이인구는 금세 얼굴이 하얗게 질렸다.

"혹시 사또가 눈치챈 거 아니냐? 이를 어쩌지!"

"그건 아닐 겁니다. 사또가 눈치챘다면 가만있지 않았겠지요."

"그, 그렇겠지?"

이인구는 일이 손에 잡히지 않는 듯 종일 좌불안석이었다.

해 질 무렵, 이인구가 병자에게 침을 놓고 있을 때 갑자기 문밖에서 떠들썩한 소리가 들렸다.

"죄인 이인구는 나와서 오라를 받아라!"

이인구는 놀라서 침을 떨어뜨리고 말았다.

"아니, 이게 무슨 소리냐?"

"제가 나가 보겠습니다."

완이 심각한 얼굴로 일어섰다. 하지만 관졸들이 들이닥친 게 먼저였다.

"대체 무슨 일입니까?"

완이 앞을 가로막자 관졸이 무뚝뚝하게 답했다.

"죄인 이인구를 포박해 관아로 끌고 오라는 사또의 명을 받고 왔을 뿐이네. 저리 비키게."

이인구는 엉덩이를 들썩거리며 어쩔 줄 몰라 했다.

"대체 내가 무슨 죄를 지었다는 건가. 아이고, 왜들 이러나. 이 거 놓게!"

관졸들은 이인구를 포승줄로 꽁꽁 묶어 데리고 가 버렸다.

뒤늦게 달려온 홍이가 놀라서 물었다.

"심약 나리를 왜 끌고 간 거야?"

"모르겠어. 내가 가서 알아보고 올게. 활인소를 부탁해."

완은 서둘러 관아로 달려갔다.

이인구는 꽁꽁 묶인 채 동헌 뜰에 꿇어앉아 있었다. 대청마루 의자에는 사또가 근엄한 얼굴로 앉아 있었다.

그 옆에 선 형방이 목청껏 외쳤다.

"심약 이인구의 죄상을 낱낱이 아뢰옵니다. 이자는 활인소의 책임자로 있으면서 다른 의원들이 병자를 치료하는 데 써야 할 성산자와 소합원, 구휼미를 사사로이 횡령하는 것을 방관하였을 뿐 아니라 자신 또한 적극적으로 횡령하였으니 그 죄가 매우 크고 무겁사옵니다."

사또가 짧은 수염을 쓸며 인상을 썼다.

"어허! 백성들이 괴질로 추풍낙엽처럼 쓰러지는 마당에 심약이라는 자의 행실이 참으로 괘씸하도다! 네놈이 저지른 악행과 비리를 이미 평안 감사께 고했느니라. 곧 평안 감영으로 압송될 것이니 그리 알고 있거라."

이인구는 기가 막혀 외쳤다.

"사또, 해도 너무하십니다! 하늘이 알고 땅이 압니다. 사또가 내게 활인소의 구호물자를 빼돌려 바치라 명한 것을 말이오!"

"어허, 저놈이! 예가 어디라고 헛소리를 지껄이는 게냐. 뭣들 하고 있느냐. 매우 처라!"

"매우 치랍신다!"

말이 끝나기 무섭게 집장사령들이 달려들어 이인구를 형틀에

묶더니 바지춤을 덥썩 잡아 내렸다. 부끄러워할 틈도 없이 철썩, 치도곤이 날아들었다. 태어나 처음 당해 보는 매질에 이인구는 견디지 못하고 고래고래 소리를 질렀다.

매질이 끝나고, 이인구는 목에 큰칼을 찬 채 옥에 갇혔다. 밤늦게 완이 몰래 그를 찾아왔다. 이인구는 눈을 감은 채 끙끙 앓고 있었다.

"심약 나리!"

이인구가 눈을 가늘게 떴다.

"괜찮으십니까?"

그의 지친 얼굴에 화색이 돌았다.

"와 주었구나, 고맙다."

이인구가 창살 앞으로 힘겹게 다가와서는 다급히 말했다.

"얼른 가서 쌍갠지 뭔지 옥에서 죽었다는 그놈의 어미를 좀 찾아보거라. 그 노파가 증언만 해 주면 사또도 오리발을 내밀지는 못할 것이다."

완의 얼굴이 어두워졌다.

"이미 찾아보았는데…… 없습니다."

"뭐? 없다니!"

"사또가 이미 손을 쓴 것 같습니다. 온 마을을 샅샅이 뒤졌는데 찾을 수가 없었습니다. 간 곳을 아는 이도 없었고요."

"난 이제 죽은 목숨이다. 평안 감영에 끌려가면 죄를 고스란히 뒤집어쓸 텐데 어쩌면 좋단 말이냐."

"어떻게 해서든 찾아내야지요."

이인구는 허탈하게 웃으며 고개를 저었다.

"소용없을 거다. 내가 사또를 너무 얕잡아 본 모양이다. 평안 감사까지 모두가 한통속인 듯한데, 그것도 모르고 불구덩이에 스스로 머리를 들이민 꼴이로구나."

이인구가 갑자기 눈에 힘을 주며 고개를 흔들었다.

"내 이 사또 놈을! 죽을 때 죽더라도 사또 놈이 괘씸해서 그냥은 못 가겠다. 내가 죽어서라도 이놈을 가만두나 봐라!"

그때였다. 관아의 삼문(三門)을 마구 두드리는 소리가 들렸다.

"암행어사 출두요!"

요란한 외침과 함께 무언가 우당탕 쓰러지고, 와장창 넘어지며 요란한 비명까지 들려왔다. 한바탕 난리가 난 모양이었다.

놀란 이인구와 완의 눈이 마주쳤다. 이인구가 얼빠진 표정으로 물었다.

"방금 암행어사 출두라고 했느냐?"

"예. 제가 살펴보고 오겠습니다."

완이 얼른 옥을 빠져나갔다.

동헌 대청에 한 사내가 올라 있었다. 그의 손에 들린 마패가 달빛을 받아 번쩍였다.

"나는 어명을 받들어 한양에서 내려온 어사이니라. 돌림병이 퍼진 지역의 수령들이 환자를 제대로 구호하는지 감찰하러 파견되었다."

사또와 이방을 비롯한 아전들이 대청 아래 머리를 조아리고 늘어섰다. 대들보 뒤에 몸을 숨기고 있던 완은 어사의 얼굴을 보고 흠칫 놀랐다. 그는 얼마 전 활인소를 훔쳐보다가 달아난 패랭이를 쓴 사내였다.

암행어사가 벼락같이 호령했다.

"죄인 최만호는 들어라. 괴질이 창궐하여 백성들의 고통에 찬 신음이 온 고을을 뒤덮었는데, 수령이라는 자가 백성을 구휼한다며 활인소를 지어 약재와 구휼미를 횡령하여 나라의 재산을 착복하였으니 그 죄가 이루 말할 수 없이 크다. 또한 무당과 내통하여 백성의 재산을 강탈하려는 목적으로 살인을 교사하여 괴질을 앓고 있던 병자를 죽게 하였다. 그 사실이 들통나자 옥에 갇힌 죄인을 자결로 가장하여 살해하기까지 하였으니 탐욕과 극악무도함이 이보다 심할 수 없구나."

사또는 당황한 기색을 감춘 채 허리를 숙여 호소했다.

"있지도 않은 일을 모두 저의 죄라고 하시니 심히 억울할 따름입니다."

어사가 언짢은 표정으로 역졸에게 명령했다.

"증인을 불러오너라."

"예이."

곧 한 여인이 역졸의 손에 이끌려 나타났다. 여인을 본 사또의 얼굴에 핏기가 가셨다.

어사가 여인에게 명령했다.

"네 신분과 사는 곳을 말하거라."

"쇤네는 안주(安州)에서 무당 노릇을 하고 있습니다요."

"너는 사또와 작당하여 황 부잣집에서 굿을 한 일이 있느냐?"

"예, 그렇습니다요."

"그때의 일을 자세히 고하거라."

"사또께서 평소 알고 지내던 이를 통해 쇤네를 부르셨습니다. 한양에서 온 용한 무당이라 속이고 황 부자네 가서 굿을 하되, 황 부자가 운산에서 이곳 정주 땅으로 괴질을 끌고 왔다는 것을 마을 사람들 앞에서 강조하라고 하셨습니다. 그렇게만 하면 나중에 한몫 크게 떼어 주시겠다고. 그래서 시키는 대로 했습지요. 그런데 재산을 떼어 주기는커녕 오히려 그 댁 부인이 제물로 바친 패물까지 내놓으라는 게 아닙니까?"

"재산을 떼어 주겠다고 했다고? 무슨 재산을 말이냐?"

"시키는 대로 잘만 하면 황 부자네 재산이 모두 사또의 손안에 들어올 것이라 하였습니다요."

"방금 한 말에 추호의 거짓도 없으렷다?"

"암요, 감히 어느 안전이라고 거짓을 고하겠습니까요."

어사가 사또를 향해 준엄하게 물었다.

"이래도 억울하다 하겠는가?"

사또의 짧은 수염이 달달 떨리고 있었다. 어사가 추상(秋霜)같이 명령했다.

"당장 사또의 관인(문서에 찍는 도장)과 병부(군사를 동원하는 표지로 쓰던 나무패)를 압수하라. 또한 창고를 봉하고, 백지에 '봉고(封庫)' 두 자를 쓴 뒤 마패를 찍어 창고 문에 붙이거라. 이 시각 이후로 최만호는 죄인의 신분으로, 곧 의금부로 압송할 것이니 속히 채비하도록 하라. 또한 옥에 갇힌 죄인 가운데 활인소의 책임자인 이인구는 억울한 누명을 쓰고 잡혀 온 것이니 풀어 주도록 하라."

완은 살그머니 관아 문을 빠져나와 나무 뒤에 숨었다. 아버지이되 한 번도 아버지라 불러 보지 못한 사또가 죄인이 되어 머리를 풀고 포승줄에 묶인 채 압송되어 가는 모습을 지켜보았다.

"사필귀정이야. 당연한 결과인 것을……."

완은 낮은 목소리로 중얼거렸다. 그의 얼굴이 한없이 쓸쓸해 보였다.

옥에서 풀려나 활인소로 돌아온 이인구는 홍이 자매의 격한 환영에 감격스러웠다. 이인구의 바짓가랑이에 매달려 기뻐서 어쩔 줄 몰라하는 동이를 떼어 놓으며 홍이가 걱정스러운 얼굴로 물었다.

"몸은 정말 괜찮으신 거예요? 얼굴이 많이 상하신 듯한데."

"아직 젊으니 금방 회복하겠지. 너야말로 그동안 혼자 이곳을 책임지느라 고생 많았다."

"아니에요. 이제 남은 병자들도 몇 명 안 되는걸요."

이인구는 활인소를 둘러보며 잠시 회한에 잠겼다.

"홍아, 이곳도 이제 문을 닫아야 할 것 같다."

"네?"

"괴질의 기세가 한풀 꺾이기도 했고, 사또가 시켜서 한 일이라지만 활인소의 구호물자를 횡령한 것에 대해서는 나도 책임이 있으니 더는 이곳을 운영할 수는 없지 않겠니. 실은 전의감으로 복귀하라는 어명을 받았단다. 그래서 말인데, 나와 함께 한양에 가지 않으련?"

"한양에를요?"

홍이는 놀란 눈으로 이인구를 쳐다보았다. 한양이라니. 단 한 번도 생각해 보지 못한 일이었다.

이인구가 진지하게 이야기했다.

"그래, 네가 혜민서에 가서 의녀가 되면 좋겠구나."

"저는 약초 구하러 다니는 것 말고는 아무것도 할 줄 모르는걸요."

이인구는 고개를 저었다.

"의술도 중요하지만 그건 앞으로 차차 배우면 된다. 그보다 중요한 건 말이다. 모든 병자의 목숨을 하늘처럼 귀하게 대하는 마음이다. 그리고 병자의 상태가 아무리 위중하더라도 끝까지 포기하지 않고 최선을 다하는 자세가 중요하지. 홍이 너는 이미 그 자세가 되어 있어. 그래서 의녀가 되어 달라고 부탁하는 거다."

그동안 홍이에게 간호를 받은 활인소의 병자들도 나섰다.

"맞습니다. 모두가 벌레 보듯 하면서 저를 피하는데 홍이는 제 어머니 대하듯 정성껏 돌봐 주었습니다."

"홍아, 꼭 의술을 배워서 훌륭한 의녀가 되어 주렴."

"그래, 네가 의녀가 된다면 검 의원님도 기뻐하실 거다."

홍이는 가슴이 벅차올랐지만 어쩔 수 없었다.

"심약 나리의 말씀은 감사하지만 동이만 남겨 두고 저 혼자 갈 수는 없어요."

이인구도 이해한다는 듯 고개를 끄덕였다.

"참, 완이도 곧 한양으로 간다고 하더라. 사또가 의금부로 끌려 갔으니 식솔들도 한양으로 따라가는 모양이더라."

홍이는 입술을 깨물었다.

며칠 뒤, 마지막까지 머물던 병자가 회복되어 나가면서 마침내 활인소 문을 닫게 되었다. 홍이는 동이를 데리고 집으로 돌아갈 채비를 마쳤다.

이인구가 자매를 배웅하며 말했다.

"나는 한양으로 떠나기 전에 정리도 할 겸 여기에서 며칠 더 머물기로 했다. 혹여 그 사이에 생각이 바뀌거든 꼭 다시 오너라."

홍이와 동이는 깊이 허리를 숙여 인사하고 활인소를 나왔다.

하늘은 높고 푸르렀고, 서늘한 바람이 불어왔다. 어느덧 가을로 접어들고 있었다.

김 영감의 집 앞을 지나다가 동이가 탄성을 질렀다.

"와, 예쁘다!"

흰 구절초와 연보랏빛 개미취가 오밀조밀 얼굴을 내밀고 있었다. 바람에 살랑거리는 꽃들이 험난한 여정을 마치고 돌아온 홍이 자매를 반겨 주는 것만 같았다. 홍이는 쪼그리고 앉아 꽃 속에 얼굴을 파묻고 향기를 들이마셨다.

"홍이 아니냐?"

익숙한 목소리에 뒤를 돌아보니 황 부자댁 마님 조씨가 사월이와 함께 서 있었다. 홍이는 얼른 달려가 조씨의 손을 잡았다.

"마님!"

"집으로 돌아온다는 소식은 들었다. 안 그래도 보자고 할 참이었는데 마침 잘 되었구나."

"네? 어인 일로 저를……?"

"활인소 심약 나리가 네가 의녀가 되도록 도와준다고 했다던데 사양했다고 들었다."

홍이는 머리를 긁적였다.

"동이를 혼자 두고 갈 수가 없어서요."

"그러지 말고 한양으로 가거라. 동이는 내가 맡아 친딸처럼 잘 돌봐 주마."

"마님!"

"네가 이곳에서 약초나 구하러 다니면서 힘들게 사는 것보다 한양에 가서 의술을 배워 훌륭한 의녀가 되는 것이 동이를 위해서도 더 좋은 일이 아니겠니?"

"하지만……."

"동이 걱정은 하지 않아도 된다. 너도 알다시피 동이 하나 건사할 형편은 충분하지 않니. 또한 자식을 모두 잃은 나한테도 동이가 큰 위로가 될 것 같아 그러니 허락해 주거라."

동이는 눈을 동그랗게 뜨고 두 사람의 눈치를 살폈다.

조씨가 동이의 머리를 쓰다듬으며 말했다.

"동이도 좋지? 우리 집에서 같이 사는 거?"

"큰 기와집에서요? 와, 신난다. 나 거기서 살래!"

홍이는 철모르고 좋아하는 동이를 보면서 눈물 맺힌 얼굴로 웃지 않을 수 없었다.

며칠 뒤, 홍이는 의녀가 되기 위해 이인구를 따라 한양으로 먼 여행길에 올랐다.

"언니, 꼭 다시 와야 해."

"우리 동이 마님 말씀 잘 듣고 밥 잘 먹어야 해."

홍이는 울며 매달리는 동이와 눈물 바람으로 작별했다.

조씨와 인사를 나눈 뒤에도 자꾸만 뒤를 돌아보는 홍이에게 이인구가 물었다.

"뭐 두고 온 거라도 있니?"

"아니에요. 이제부턴 앞만 보고 가야지요."

"그래, 그렇게 다짐하고 앞만 보고 가야지. 갈 길이 머니 서두르자꾸나."

홍이와 이인구는 발걸음을 재촉했다.

완은 바람 부는 언덕에 서서 홍이 일행을 바라보고 있었다. 홍이 모습이 점점 작아지다가 하나의 점이 되었다가 끝내 눈앞에서 사라져 버리자 참았던 눈물 방울을 떨구었다.

"홍아, 꼭 다시 만나자. 내가 너를 반드시 찾고 말 테니."

십 년이 흘렀다

경상도 경주부에 있는 자그마한 초가집은 오늘도 이른 아침부터 의원을 찾아온 사람들로 북적였다. 갓을 쓴 젊은이가 마당에 들어서자, 싸리울 옆에 기대어 앉은 노인이 지팡이를 휘두르며 대뜸 소리쳤다.

"이 사람이 어딜! 줄을 서야지. 나는 의원님을 뵈려고 해 뜨기도 전부터 여기서 기다렸다고."

노인의 서슬에 주변에 있던 사람들도 젊은이에게 시퍼런 눈길을 보냈다. 젊은이는 주춤하며 초가집 안을 눈으로 살폈다. 열린 방문 틈으로 병자에게 침을 놓고 있는 의원의 산처럼 듬직한 모습이 보였다. 젊은이의 입가에 반가운 미소가 퍼졌다.

"검 의원님!"

"엥? 검 의원님이라니, 집을 잘못 찾아온 거 아닌가. 여기는 김

부석 의원님 댁인데."

지팡이를 휘두르던 노인이 고개를 갸웃거렸다.

검불 아재가 바깥을 내다보고는 환한 미소를 지으며 몸을 일으켰다. 검불 아재는 젊은이를 향해 감격스러운 얼굴로 말했다.

"완아! 아니지, 이제 심약 나리라고 불러야지."

완이 쑥스러워하며 머리를 긁적였다.

"아닙니다. 예전처럼 불러 주십시오."

"축하한다. 심약이 되어 대구 감영으로 온다는 소식을 듣고 어찌나 반가웠는지 모른다."

"저도 스승님 계신 곳 가까이로 오게 되어 정말 기쁩니다."

완은 검불 아재의 초가집을 찬찬히 둘러보았다. 십 년 전의 일이 마치 엊그제 일처럼 선명하게 떠올랐다.

한양으로 간 완은 옥에 갇힌 아버지를 매일 찾아가며 옥바라지를 했다. 하지만 끝내 잘못을 인정하지 않는 아버지의 모습에 절망할 수밖에 없었다. 괴로워하던 완은 어느 날, 서찰 한 통을 받고 결국 짐을 꾸렸다. 혜민서에 있는 이인구가 보낸 서찰이었다.

'웬 산적처럼 생긴 의원이 침으로 못 고치는 병이 없다고, 한양까지 소문이 파다하더구나. 단번에 검 의원인 줄 눈치챘지. 그분 있는 곳을 물어물어 겨우 알아냈다. 그분께 의술을 배워 보는 게 어떻겠느냐.'

검불 아재는 완을 덤덤히 맞아 주었다. 그날부터 완은 검불 아재의 곁을 그림자처럼 지키며 의술을 배웠다. 밤낮으로 노력한 끝에 완은 의학 취재(관리를 선발하는 시험)에 합격해 혜민서의 의원이 되었다. 그리고 마침내 의녀가 된 홍이를 다시 만날 수 있었다.

"홍이는 잘 지내지?"

검불 아재의 물음에 완은 미소를 띠었다.

"네, 여전합니다. 의녀들 가운데서도 워낙 실력이 출중해 내의원에 뽑혀 가게 되었는데, 혜민서에 남게 해 달라고 사정을 했다고 합니다. 가난하고 의지할 데 없는 병자들을 돌보는 게 더 좋다면서요."

"그래, 홍이답구나."

검불 아재가 껄껄 웃었다.

"감영으로 가는 길이지? 어서 가 보거라."

"또 찾아뵙겠습니다."

"그럴 것 없다. 나랏일 하느라 바쁠 텐데. 몸 상하지 않게 조심하고."

완은 검불 아재에게 허리를 깊이 숙여 인사하고는 길을 나섰다. 완의 뒷모습을 바라보는 검불 아재의 눈가에 좀처럼 볼 수 없던 눈물방울이 맺혔다.

말을 타고 대구 감영으로 향하는 길에 완은 마을 아이들이 어린 사내아이를 둘러싸고 있는 모습을 보았다.

"복술아, 넌 커서 뭐가 될래?"

"되긴 뭐가 돼. 후처 자식인 서자 주제에."

사내아이는 쭈그리고 앉아 훌쩍이고 있었다. 완이 다가가자 마을 아이들은 슬금슬금 도망쳐 버렸다. 완은 말에서 내려 몸을 숙이고 아이에게 다정하게 물었다.

"네 이름이 복술이냐?"

아이가 눈물을 그렁그렁 매단 채 고개를 끄덕였다.

"나도 너만 할 때 서출이라는 신분 때문에 무척 괴롭고 슬펐단다. 사지가 멀쩡한 사내로 태어났지만 아버지를 아버지라 부를 수 없는 처지가 너무나 서러웠지. 그런데 괴질이 조선 땅을 휩쓸어 수많은 목숨을 앗아 가던 때, 어느 작고 여린 소녀가 내게 그러더구나. 우리가 사는 세상은 사람을 신분에 따라 귀하고 천하다고 나누지만, 하늘이 내려준 사람의 목숨은 모두 똑같이 소중한 거라고. 그건 내가 태어나 처음으로 받아 본 축복이었단다. 그 후로 나는 서출로 태어난 것을 더는 슬퍼하지 않았지. 오히려 세상을 위해 내가 할 수 있는 일을 찾아봐야겠다고 다짐했단다."

복술은 입을 떡 벌린 채 그의 말에 빠져들었다. 완이 힘주어 말했다.

"세상이 달라지고 있단다. 앞으로 네가 살아갈 세상은 더욱 변화할 테지. 너는 하늘만큼 소중하고 값진 사람이란다. 이렇게 아이들의 놀림에 울며 슬퍼할 시간에 네가 앞으로 세상을 위해 어떤 일을 할지 고민해 보려무나."

복술은 고개를 끄덕였다. 완은 복술의 어깨를 두드려 주고 일어났다.

　복술은 완이 탄 말이 일으키는 흙바람을 맞으며 그곳에 붙박인 듯 오래오래 서 있었다. 그 순간, 완은 물론 복술 자신도 알지 못했다. 서자라고 놀림당하던 조그만 사내아이가 훗날 동학을 창시하여 '사람은 누구나 평등하며 차별받아서는 안 된다'는 사상을 이 땅에 널리 퍼뜨리게 되리라는 것을.

　하늘은 혹시 알고 있었을까. 눈이 부시게 푸른 하늘에 구름이 무심히 흘러갔다.

작가의 말

훗날 2021년을 되돌아보면 무엇이 가장 먼저 떠오를까요? 아마도 '코로나19'라는 감염병이 전 세계를 휩쓴 일을 빼놓을 수 없을 것입니다. 많은 이가 목숨을 잃었고 사회는 혼란에 빠졌지요. 하지만 우리는 백신을 만들고 '사회적 거리두기'를 실천하며 일상을 되찾기 위해 계속 노력하고 있습니다.

난생처음 맞닥뜨린 감염병 때문에 사람들이 공포와 두려움에 빠진 것은 과거에도 반복되던 일입니다. 이 소설은 1821년(신사년)에 콜레라가 처음 조선에 들어와 크게 유행한 이야기를 다룹니다. 사람들은 순식간에 가족과 이웃을 감염시키고 수많은 이를 죽음으로 몰아넣은 돌림병을 '괴질'이라 부르며 두려워했지요. 당시에는 콜레라가 오염된 물을 통해 전파된다는 것을 알지 못했습니다. 그래서 귀신이 괴질을 퍼뜨린다고 생각했고, 부적을 쓰거나 굿을 해서 물리치려고 했지요. 물론 지금에서 보면 어리석은 미신에 지나지 않지만 그런 옛사람들에게도 배울 점이 분명 있습니다.

소설 속 홍이는 사랑하는 동생을 지키기 위해 어떤 위험이라도 무릅쓰는 용기를 지니고 있습니다. 또한 완과 검불 아재는 친구와 활인소의 병자들을 위해 자신을 희생하며 헌신적으로 노력하지요. 앞이 보이지 않는 캄캄한 절망 속에서도 그들이 서로 의지하며 어려움을 극복하기 위해 연대하는 모습은 시대를 뛰어넘어 큰 울림을 줄 거라 믿습니다.

한편 한 시대를 휩쓴 감염병은 전쟁과 마찬가지로 기존의 사회 질서에 균열을 일으켜 인식의 변화와 사회의 개혁을 가져오기도 합니다. 괴질이 크게 유행하던 때, 그 피해는 하층민에게 더욱 크게 다가올 수밖에 없었지요. 소설 속에서 참판댁을 비롯한 양반들은 앞다투어 피난을 떠나고 힘없는 백성들만 남아 괴질의 피해를 고스란히 입었던 것처럼요.

백성들은 자신들의 살길만 찾느라 급급한 지배층에게 환멸을 느끼게 됩니다. 조선 사회를 떠받치던 견고한 신분제가 조금씩 흔들리게 된 것이지요. 이런 변화는 19세기 중엽 '사람이 곧 하늘'이라는 동학사상이 등장하는 데에도 영향을 줍니다. 소설에서는 완이 신분의 한계 때문에 좌절하는 어린 복술을 만나 사람의 목숨은 모두 평등하다는 사상을 전하는 것으로 이런 점을 보여주고자 했습니다. '복술'은 동학의 창시자인 최제우의 어릴 적 이름입니다. 감염병의 유행이 의도치 않게 기존 사회의 문제점을 성찰할 기회를 주고, 새로운 사회를 꿈꾸는 데까지 나아가게 한 것이지요.

현재 코로나19 백신이 개발되긴 했지만 계속해서 변이 바이러스가 등장해 우리를 위협하고 있습니다. 코로나19 치료제가 아직 없다는 점에서는 2021년의 대한민국도 200년 전 1821년의 조선과 크게 다르지 않아 보입니다. 마을 사람들이 감염병을 퍼뜨렸다며 황 부자네 가족과 운산댁에게 돌을 던졌듯이 우리나라에서도 한때 중국인에 대한 혐오가 기승을 부렸지요. 서구 사회 곳곳에서는 동양인에 대한 무차별적인 폭행을 비롯한 인종 차별이 지금도 일어나고 있고요.

코로나19는 전 지구적으로 유행하는데, 백신은 미국이나 영국 같은 선진국이 선점해 버렸지요. 지금 한창 개발 중인 치료제가 세상에 나온다 해도 마찬가지일 거예요. 국제화 시대에 국가 간 사람과 물자의 이동을 언제까지나 막아 둘 수 없는 노릇이니 결국 우리 인류는 함께 살아가야 하지요.

코로나19의 대유행을 겪으며 과연 우리는 지금 우리 사회의 어떤 모습을 성찰해야 하며 어떤 미래를 꿈꿔야 할까요? 질문에 대한 답은 여러분이 이 책을 읽으면서 찬찬히 고민해 보면 좋겠습니다.

과거와 현재가
이어지기를 바라며

이진미

오늘의
청소년
문학
33

괴질

초판 1쇄 2021년 8월 20일
초판 4쇄 2023년 9월 15일

지은이   이진미

펴낸이   김한청
기획편집 원경은 차언조 양희우 유자영
마케팅   현승원
디자인   이성아 박다애
운영   최원준 설채린

펴낸곳   도서출판 다른
출판등록 2004년 9월 2일 제2013-000194호
주소   서울시 마포구 양화로 64 서교제일빌딩 902호
전화   02-3143-6478 팩스 02-3143-6479 이메일 khc15968@hanmail.net
블로그   blog.naver.com/darun_pub 인스타그램 @darunpublishers

ISBN   979-11-5633-414-9 44810
          978-89-92711-57-9 (세트)